| 记忆的角落

**Marie Luise
Kaschnitz**

至爱的
"三棵冷杉树"
卡什尼茨短篇小说集

Die übermäßige
Liebe zu Trois Sapins

〔德〕玛丽·路易丝·卡什尼茨 著
唐 洁 译

人民文学出版社

Marie Luise Kaschnitz
Die übermäßige Liebe zu Trois Sapins

Simplified Chinese edition copyright © 2025 by Shanghai 99 Readers' Culture Co., Ltd.
All rights reserved.

图书在版编目(CIP)数据

至爱的"三棵冷杉树":卡什尼茨短篇小说集 /(德)玛丽·路易丝·卡什尼茨著;唐洁译. -- 北京:人民文学出版社, 2025. -- (记忆的角落). -- ISBN 978-7-02-019431-5

Ⅰ. I516.45

中国国家版本馆 CIP 数据核字第 2025HF6141 号

责任编辑　卜艳冰　周　展
装帧设计　朱晓吟

出版发行　人民文学出版社
社　　址　北京市朝内大街 166 号
邮政编码　100705

印　　制　山东新华印务有限公司
经　　销　全国新华书店等

字　　数　120 千字
开　　本　787 毫米×1092 毫米　1/32
印　　张　8.5
版　　次　2025 年 7 月北京第 1 版
印　　次　2025 年 7 月第 1 次印刷

书　　号　978-7-02-019431-5
定　　价　49.00 元

如有印装质量问题,请与本社图书销售中心调换。电话:010-65233595

记忆的角落，也会有光

译者序

玛丽·路易丝·卡什尼茨（Marie Luise Kaschnitz, 1901—1974），德国当代诗人、小说家和广播剧作家。出生于德国卡尔斯鲁厄一个显赫的贵族家庭，父亲为普鲁士少将。1922 年至 1924 年间，她在魏玛接受了系统的书商培训。在罗马古籍书店和慕尼黑出版社工作期间，邂逅了艺术史兼考古学家吉多·卡什尼茨·冯·温伯格。二人于 1925 年结婚，1928 年诞下独女艾瑞丝。因丈夫工作需要，卡什尼茨曾辗转居住在罗马、马尔堡、法兰克福等地。1958 年丈夫逝世后，她长期居住在法兰克福和博尔施魏尔的兄长家中。1974 年，卡什尼茨在罗马探望女儿期间不幸感染肺炎逝世，后安葬于博尔施魏尔家族墓园。

卡什尼茨一生笔耕不辍，创作了大量文学作品，广泛涉猎诗歌、小说、广播剧等多个文学体裁。她于 20 世纪 20 年代开始文学创作，陆续发表《诗歌集》（1947）、《未来的音乐》（1950）、《永恒之城》（1952）等多部诗集。在小说创作领域，同样成果丰硕，1933 年出版了长篇爱情小说《爱的开始》（1933）和《爱莉莎》(1937)，二战后转向短篇小说创作，陆续发表了《胖孩子与其他故事》(1952)、《长影子》(1960)、《远方的对话》(1966)、《燕尾服》(1969)、《北极熊》(1972)等多部短篇小说集。无论是在诗歌还是小说中，童年的回忆、个体的情感、生活的苦痛以及对自然与艺术的求索等方面都构成了卡什尼茨永恒的创作主题。1955年，卡什尼茨凭借其杰出的文学成就荣膺联邦德国最高文学奖——毕希纳文学奖，评委会颁奖词如下："她的诗歌在战争苦难中响起，这种勇敢的声音充满慰藉之力。玛丽·路易丝·卡什尼茨始终倾心于精神世界，通过人文情怀将古典与现代相融合，并以一种全新的方式加以塑造。"此后，她又获得伊默曼奖（1957年）、麦肯森文学奖（1964年）、黑贝尔奖（1970年）、罗斯维塔纪念奖章（1973年）等多项殊荣。为纪念其文学成就，德国于1984年特设玛丽·路易丝·卡什尼茨文学奖。

本书《至爱的"三棵冷杉树"》以德国DTV出版社于1964年的结集《长影子》为底本，收录了卡什尼茨富有代表性的21篇精炼的短篇小说。作家将回忆比作"考古学式的自我挖掘"，其作品既有对个人生命历程与战后德国社会变迁的细腻追忆，又饱含着对人性深处孤独、嫉妒、恐惧等复杂情绪的精妙诠释。那些被时光尘封的生活片段、时代印记，在作家笔下重新焕发生机，最终凝结成鲜活的人物与生动的故事。卡什尼茨曾这样评价自己："我或许会作为一名自传作者、一名局限于自己小圈子的作家被载入文学史，如果真能如此，那也是合情合理的。"在本书中，大部分故事宛如棱镜折射出作者个人经历的光影。这些带有自传元素的作品大致可以归为三大主题：童年、婚姻与战争。

童年经历是卡什尼茨小说创作最重要的灵感来源。出生于贵族家庭的卡什尼茨在享受优渥家境的同时，也被贵族家庭的"传统、虚伪与礼教"所束缚。作为不被期待的孩子——母亲原本期望诞下儿子，卡什尼茨与母亲始终心存芥蒂，也无法在家庭中找到心灵归属。在小说集的开篇故事《长影子》中，作者塑造了一个与自己类似的小女孩罗西，她的父母只顾自己享受假期，还将看护两个妹妹的任务交付给她，这种得不到家庭足够关注与关爱的生活令她厌倦，想要逃离。在一个午后，罗西踏上了一段独自的旅程……另一篇与童年相关的作品——《胖孩子》——描述了一个因感到被冷落和忽视而产生痛苦经历的孩子，被卡什尼茨称为"最为有力的一部作品"。作家霍斯特·比内克曾询问卡什尼茨,《胖孩子》是否基于其亲身经历,她回答道:"没错,那个胖孩子就是我自己。"《至爱的"三棵冷杉树"》则以她童年常去度假的房子为背景展开。卡什尼茨在《六月中旬的一个中午》里刻画了母亲与女儿之间的亲情救赎。在六月中旬的一个中午,母亲差点在海中溺亡,女儿的笛声将她"拉到水面上",拯救了母亲的生命。

卡什尼茨将婚姻视为"绝对存在",她与丈夫的感情及日常生活为其创作提供了丰富的素材。她的丈夫吉多年轻时相貌英俊,备受女性倾慕,甚至还爱上了其他女人。卡什尼茨默默吞咽背叛的苦涩,将这份隐忍注入《稻草》,塑造出忍辱负重的家庭妇女形象。而在《鬼怪》的字里行间,亦能窥见作家对丈夫的嫉妒心理。写于丈夫去世后的《在奇尔切奥》是本集中篇幅最长的故事,她以17天的日记形式创作了这篇饱含"对已故爱人的自传式回忆"作品。

作为两次世界大战的亲历者,战争的伤痛如烙印般深深刻在卡什尼茨的生命里,成为其创作中无法回避的沉重话题。《红网》是对玛丽·路易丝·亨塞尔的致敬之作。亨塞尔是一名抵抗纳粹的反战女英雄,她曾在1942年试图帮助一个犹太家庭穿越位于德国和瑞士边境的博登湖，逃亡至安全地带，最终因遭人告发而失败。卡什尼茨以亨塞尔的故事为原型，讲述了雷娜塔试图帮助一名犹太儿童逃脱纳粹迫害，却遭遇背叛，最终被逮捕的故事。卡什尼茨还将目光投向战争一线的士兵：《永恒之光》以"青蛙"的独特视角，诉说士兵遗孀借占卜寻觅亡夫的悲怆；《陌生之地》刻画了两位身经百战的飞行员在森林狩猎时迷失方向，从而陷入恐惧与绝望的瞬间；《逃兵》则聚焦藏匿于森林的逃兵家庭。而在倒数第二篇《路灯》中，卡什尼茨看似讲述了一个人幻想以手势操控他人的荒诞故事，实则犀利地揭露了在纳粹狂热下扭曲的社会图景。

在经历过战争撕扯与成长啃噬后，恐惧、血腥、疾病与死亡交织的惊悚叙事成为卡什尼茨作品最为显著的特点之一：《暗湖》映照出集体记忆中被刻意遗忘的罪恶；《波普与明格尔》中燃烧的大火展现出童年幻想世界崩塌的残酷瞬间；《路》以意识流笔法勾勒出承载战争记忆的永恒之路；《前往耶路撒冷的旅行》中的抢椅子游戏成为瘟疫时代的生存寓言；《克里斯蒂娜》里悬挂在铁栏杆上的金发揭示出对平庸之恶的审判；《雪融时节》中反复确认的门锁暴露出战后难以愈合的心灵伤口；《迟暮冒险》里老人最后的逃亡，则是对生命尊严最悲壮的捍卫。但卡什尼茨并非一位彻底的悲观主义者，她的文字也绝非仅有黑暗。在《修道士本达》中，修道士本达作为思想与力量的象征，如同一盏明灯照亮混沌；《奇迹》里，克雷森佐一家因山体滑坡失去房屋，陷入赤贫困境，即便如此，父亲仍拒绝讨要穷人的医疗费。令人动容的是，父亲曾经医治的病人们怀着感恩之心，悄悄送来食物与木柴，帮助克雷森佐全家度过一个充满温情的奇迹圣诞。

卡什尼茨在二战后进入创作生涯的晚期，此时的她以简洁有力的语言，将深邃的思想内涵浓缩于短篇小说之中，笔触犀利凝练，叙事看似冷静克制，内容则令人回味无穷。这一风格在本书中得到完美呈现，作家仅用寥寥数笔便勾勒出令人震颤的情感图景，那些或温情动人，或血腥暴力，或阴森诡谲的文字，总能直击读者的内心深处。然而，这般凝练的笔触并不意味着艺术表达的贫瘠。恰恰相反，在有限的叙事空间里，现实与幻想如经纬交织，无论是神秘的隐喻意象，还是荒诞的情节设定，皆深深扎根于生活土壤，既保留着现实的温度，又赋予故事超现实的瑰丽色彩。奇幻诡谲的象征、别具一格的巧思、暗藏锋芒的幽默，共同构筑了其独特的文学世界。

尽管卡什尼茨在德语文学界享有盛誉，创作成果丰硕且屡获殊荣，其作品却并不为中国读者所熟知。希望通过这部短篇小说集的翻译，能够为中国读者搭建一座通往卡什尼茨文学世界的桥梁，让更多读者有机会阅读并领略其作品独特的艺术魅力与深邃的思想内涵。

译　者
2025 年 5 月 22 日于西安

目录

长影子   1

鬼怪   12

红网   25

稻草   36

至爱的"三棵冷杉树"   48

暗湖   63

修道士本达   76

永恒之光   89

奇迹   100

波普与明格尔   107

在奇尔切奥   117

胖孩子	150
六月中旬的一个中午	160
路	170
前往耶路撒冷的旅行	179
克里斯蒂娜	184
陌生之地	194
逃兵	204
雪融时节	216
路灯	232
迟暮冒险	246

长影子

无聊，一切都索然无味，无论是酒店的大厅、餐厅，还是父母躺着沐浴阳光的沙滩。他们睡着了，但嘴巴大张，睡醒后打着哈欠走进海水里，上午十五分钟，下午十五分钟，形影不离。从后面望去，父亲的腿太细，母亲的腿却又太粗，还患有静脉曲张。他们在水里嬉戏，幼稚地四处泼水。罗茜从未和父母一起游过泳，因为在他们游泳时，她必须照顾年幼的妹妹们，她们并不可爱，而是像蠢鹅一样，一会儿把沙子倒进书里，一会儿又把水母放在对方赤裸的脊背上。拥有一个家庭并非幸事，每个人都承受着家庭的辛酸，对此，罗茜早已心知肚明。比如那个戴着金项链的棕色皮肤的男人，她称他为沙阿，比起和家人一起坐在太阳伞下，他更常坐在酒吧，或者驾驶摩托艇，风驰电掣，始终形单影只。家庭意味着源源不断的苦痛，为什么人们不能一出生就长大成人，立刻走上属于自己的道路呢？一天午饭后，罗茜说，我要出去，接着她谨慎地补充道，要去买当地的明信片，给同学和朋友寄去，就好像她想给班上那些傻小孩寄明信片一样,还在上面写道:来自蓝色地中海的问候,你好吗,我很好。我们要跟她一起去,妹妹们喊道。但谢天谢地,她们不能去,因为她们必须上床睡午觉。父亲说,就沿着这条马路走到集市广场,买完后立刻原路返回,别跟任何人说话。他佝偻着背,跟在母亲和妹妹们身后。他今天乘船出海了,但他并不是一名水手。只要沿着路往上走,人们就可以在高处俯瞰依山而建的城墙和塔楼,但父母从来没有去过那里,对他们来说,无论去往哪里的路都太长太热,远远近近都没有树荫。罗茜并不需要树荫,只要没有人在她身旁、没有人问东问西,对她而言,无论在哪里都是如此的自由自在,阳光下熠熠生辉的皮肤也在自由地舒展。当人们孑然一身时,一切都变得庞大而陌生,一切都独属一人,我的街道,我的黑色病猫,我那死去的、恶心的、被蚂蚁啃食的鸟,无论如何也要攥在手心,这些都是我的。我穿着褪色的麻布裤子和白色凉鞋,一步一步地走着,太阳炙烤着大地,路上空无一人。从这儿延伸至山顶的路画出一条蜿蜒的线,蓝色的蛇穿梭于金色的藤叶中,田野里的蟋蟀也在啾啾鸣叫。罗茜抄近道穿过花园,迎面碰上了一个老妇人。老妇人就像一个木乃伊,天哪,她怎么会在这儿四处游荡，她不是早就被埋进坟墓了吗？一个年轻男人追上罗茜并停下来，罗茜神情严肃。这里的年轻男人都是阴魂不散的无用之徒，哪怕没有父母的警告，人们也早已对此有所耳闻，他们画在墙上的魔鬼早已面目全非。不用了，谢谢你，罗茜礼貌地说，我不需要同伴，然后就像她从这里的女孩学来的那样，脊柱一节节地挺直，下巴内收，眼眸深邃地低垂着，从那个年轻男人身边走过。他只是喃喃地说了几句奉承话，但在罗茜听来，这些话简直愚蠢至极。葡萄园、层层叠叠的粉色天竺葵、胡桃树、金合欢、菜畦、白色的房子、粉色的房子，手心和脸上渗出汗来。终于爬到了山顶，终于来到了城市，和风吹动了罗茜号的风帆，它欢快地驶过绿树成荫的街道，驶过水果摊，驶过装满五颜六色、闪闪发光的圆眼鱼的扁平铁皮箱。我的市场，我的城市，我那摆满橡胶玩具、草帽和明信片的商店，为了掩人耳目，罗茜从中挑选了三张有着迷人蓝色海景的明信片。继续向前走就到了广场，这里的人们不再对城堡和教堂的外墙啧啧称奇，而是饶有兴趣地打量着那些不起眼的陈列品，参观着一楼的卧室，注视着那里挂着甜美圣母画像的华丽的铁制婚房床架。刚过中午时分，街道空无一人，只有一条品种不详的毛茸小狗对着一扇窗户狂吠，一个小男孩正站在窗前冲它做鬼脸。罗茜从裤兜里拿出了第二顿早餐吃剩的半个小面包。接住，磨剪匠，她说着便把手伸向小狗，小狗像一只训练有素的猴子围着她跳舞。罗茜把面包扔给它，又马上抢回来，这个用两条腿跳来跳去的丑八怪逗得她哈哈大笑，最后她蹲在水沟里挠了挠它脏兮兮的白肚皮。嗨！男孩从窗户喊道，罗茜也回应了他一声：嗨！他们的声音在空气里回响，一瞬间，仿佛炎热的令人昏昏欲睡的城市里只有他们两个人清醒着。当女孩继续向前走，她发现小狗跟在她身后跑了起来，令她非常欣喜。她无须问什么，只要有个伴，能说说话。来吧，我的小狗，我们现在要走出大门了。这扇门并不是罗茜进城时的那扇，这条路也根本不通往海滩。这是一条上坡路，在穿过一片圣栎林后，这条路便一直沿着肥沃的山坡向高处延伸，走在这条路上的人可以将海景尽收眼底。曾计划从这里一起散步到灯塔的父母现在却躺在山脊后一个昏暗房间里的床上，这让他们倍感安心。而罗茜却身处另一个世界，我的橄榄树林，我的橘子树，我的大海，还有给我石头的小狗。它在融化着的深蓝色柏油路上狂吠着，现在它又朝着城市的方向跑了一段路，有人从岩石拐角处走了过来，是那个男孩，那个站在窗前做鬼脸的男孩，一个身材魁梧、皮肤黝黑的男孩。这是你的狗？罗茜问道。男孩点点头走过来，并向罗茜介绍这里。罗茜在提契诺度假时学会了一些意大利语，她起初高兴极了，但很快就感到失望，因为她知道海就是海，山就是山，岛就是岛。她走得更快了，但那个矮墩墩的男孩仍跟在她身后喋喋不休地跟她讲话，那些被他短短的棕色手指指到的东西都失去了魅力，除了一张亮蓝色和鲜绿色的明信片，就像罗茜买的那张一样。她想让他回家，带着他的狗一起回去，她的好心情瞬间消失不见。当她看到在不远处的岩石和灌木丛中向左分岔出一条陡峭的下坡小路时，她停下了脚步，从口袋里掏出了剩下的几个硬币，在说了声谢谢后把男孩送了回去。罗茜很快就将他抛之脑后，继续享受自己的冒险之旅，沿着岩石小路消失在了灌木丛中。罗茜不再记得她的父母和兄弟姐妹姓甚名谁，甚至忘记了自己也是一个有名字和年纪的人：上中学七年级的学生罗茜·瓦尔特；她只知道自己是一个游荡的灵魂，她不顾一切地爱上了阳光、湿咸的空气和选择做与不做的能力，只记得自己是一个如沙阿国王般的大人，可惜国王从不散步，否则人们就可以在这里遇到他,和他一起眺望远处驶过的汽船,而不是咯咯地傻笑。小路尽头是岩石周围蜿蜒的阶梯,罗茜坐在台阶上,用双手摸着裂开的石头,闻着手掌揉搓薄荷后散发的味道。阳光明媚,大海波光粼粼。潘①坐在戈尔斯山上,但罗茜的学识浅薄,对他一无所知。潘蹑手蹑脚地跟在宁芙后面,但罗茜只看到了那个男孩,那个十二岁的男孩,他又来了,天知道,她非常恼火。他悄无声息地从布满灰尘的石阶上走下来,他的小狗不见踪影。

你想干什么?罗茜说,回家去吧。她想沿着这条路继续走,现在她要沿着没有栏杆的岩壁走一段路,悬崖峭壁和汪洋大海就在脚下。小男孩不再说这是大海,这是岛屿②,但他也没有回家,而是跟在她后面,发出了一种奇怪的、近乎恳求的声音,这种声音听起来并不像人类,罗茜害怕极了。他怎么了?他想要干什么?她这样想着,这不是她昨天见到的男孩,但这不可能,他最多只有十二岁,并且只是个孩子。也许他从年长的朋友和哥哥们那里听到了诸多此类的谈

---

① 指古希腊神话中的潘神,是牧神和自然之神,长相奇特,半人半羊。他生性多情,曾多次在森林中追逐自然仙女宁芙。
② 原文为意大利语。

论，这儿的人一直谈论着陌生的女孩：她们是如此地渴望爱情、如此地唯命是从，她们独自漫步在葡萄园和橄榄树林中，没有丈夫的庇护，也没有会拔出左轮手枪保护她们的兄弟，爱情这个具有魔力的词语就可以引诱出她们的眼泪，引诱出她们的亲吻。这些都是秋天里的谈论，而那些发生在寒冷而悲伤的咖啡馆里，或者发生在潮湿、灰暗、被孤独包围的海滩上的冬日谈论总能重燃夏日的余温。等着吧，小家伙，两三年后，你也会有一个属于你的女孩，她走过集市广场，而你就站在窗前，她对着你微笑。追上去，小家伙，别犹豫，抓住她，你说的话她并不想听，但那只是她的伪装。

这个小男孩有一条如猴子般活蹦乱跳的小狗，此刻并不会想起那些忠告，不会想起冬日的爱情歌谣与夏日序曲，也不会想到在两三年后，他才能找到自己喜欢的女孩。他还是那个佩皮诺，还是那个一吃罐里的果酱就会被妈妈打耳光的鼻涕虫。他不能像大人们那样颐指气使，也不能挥手欢呼，嗨，贝拉[①]，现在的他想为那个女孩带去幸福，那个第一个对他微笑并

---

① 原文为意大利语，意为"美丽的女孩"。

把他的狗呼唤到身边的女孩。他不知道幸福是否像大人们议论和窃窃私语的那样？还是看到罗茜在他面前退后一步、甩开他的手并面色苍白地靠向岩壁时，他才突然意识到这就是所谓的幸福？他知道他无法强求，所以他开始用陌生人也能听懂的、只有动词原形的语言乞求和恳求。他用那颤抖的声音一遍又一遍地重复着：请到我这里来，拥抱我、亲吻我、爱我吧。尽管感到害怕，但罗茜起初还是微笑着说，胡说，你在想什么，你才多大？男孩往后退了退，但紧接着就在罗茜的注视下卸下了幼稚的伪装，愤怒地皱起了眉头，眼里的疯狂和贪婪一览无余。他应该碰不到我，他应该不会对我做什么，罗茜一边思索一边四处寻找帮助，但一切都是徒劳，这是一条隐藏在岩石后的山顶小路，小路在她的脚下蜿蜒，四下空无一人，况且在海边，海浪声肯定会掩盖住任何尖叫声。在下边的海岸，罗茜的父母正在洗第二遍澡，但这儿只有罗茜，她只想给她的同学朋友们买明信片。哦，教室，十一月的教室是如此舒适阴暗，你画得松鸦翅膀真漂亮，罗茜，我们要把它装在相框里展示。罗茜·瓦尔特和她身后的十字架，你们亲爱的同学葬身在蔚蓝的地中海，最好不要讨论她是如何逝世的。这简直是胡说八道，罗茜想。她试图用笨拙的言语劝阻男孩，但此时此刻，再有用的言语也无济于事。小男孩结结巴巴却炽热地恳求着，想要占有他的仙女。他扯掉了衬衫，脱下了裤子，转瞬间，他就脱光了所有的衣服，赤身裸体地站在黄色灌木前明亮又灼热的岩石坑洞里，他的沉默令人胆战心惊，霎时间万籁俱寂，只有阵阵波涛在无情地喧嚣。

罗茜盯着这赤身裸体的男孩，恐惧消散了，他突然看起来是如此英俊：棕色的四肢，白皙的皮肤上系着泳裤腰带，湿漉漉的黑发上戴着花冠。现在，他从金色的光环中走了出来，走到她面前，露出长长的白牙，他就是童话里的狼，一头野兽。人们可以保护自己不被野兽伤害，罗茜瘦小的父亲就做到过，但那时罗茜还小，她逐渐将此淡忘，但现在记忆重现。不，孩子，不要扔石头，你只要紧盯着狗的眼睛，看着它，让它靠近你，直勾勾地看着它的眼睛，你看，它在颤抖，它趴到了地上，它跑走了。这个男孩和一条臭气熏天、吃过腐肉、可能得了狂犬病的流浪狗一样，现在的他平静下来了，爸爸，我也能像你一样。仿佛经历了众多苦难后瘫倒在岩壁上的罗茜站起身来，她长大了，她不再是那个从前稚气未脱的小女孩。她愤怒地盯着男孩的眼睛，定定地看了好几秒，没有眨一下眼睛，四肢一动不动。这里依然安静得可怕，只是现在突然散发出有着浓烈蜂蜜甜味和草药苦味的意大利面点的芳香。淹没在寂静和芬芳中，男孩真的像溢出木屑的玩偶一般瘫倒在那里。人们不知道发生了什么，只认为罗茜的目光一定很可怕，一定蕴含着某种原始的力量——一种原始的防御力量，就同男孩的结结巴巴但又狂热的恳求中蕴含的原始欲望力量一样。一切都焕然一新，一切都在这个烈日炎炎的午后苏醒，全新的体验、生命之爱、欲望和羞耻。但这些在春日苏醒的孩子，并没有得到爱，拥有的只有思念和恐惧。男孩羞愧难当，在罗茜的注视下一步步后退，像生病的婴儿一样呜咽着，而罗茜也为这目光的力量感到羞愧，她再也没有勇气在镜子前展现这样的目光了。最后，这个瘫坐着的男孩拿着衣服迅速转过身，默默地跑上台阶，只是那条小狗突然又出现了，它无忧无虑又不知羞耻地狂吠着。男孩坐在岩壁上，系上扣子，喃喃自语，愤怒地哭泣着。罗茜在蜿蜒的小路上奔跑，她想要消除自己的痛苦，想继续逃离这里。事实上，人们从父亲身上什么也学不到。罗茜被悲伤包围，在狼牙草和白刺灌木丛之间蹒跚而行，泪水模糊了双眼。我听说你们的同学罗茜，你也去过意大利是吗？是的谢谢，那里很不错，美丽与危机并存。罗茜到了岸边后，用海水洗了洗脸和脖子，她想，绝不能告诉别人，一个字也不能说。随后，当男孩沿着山顶的小路慢慢小跑回家时，她踏着海浪慢慢地向海滩、向她的父母走去。时间已经过去很久了，阳光也从山顶斜射下来，投下了罗茜和男孩长长的影子——相距甚远的长影子，山坡上松树幼苗的树冠上留有影子的印痕，苍白的海面上也发现了它们的踪迹。

鬼 怪

我亲身经历过灵异事件吗？哦，当然——我至今记忆犹新，现在就想告诉你们。但在我讲完后，请不要问我任何问题，也不要让我做出任何解释，因为我已经把我所知道的一切都告诉了您。

这段记忆始于一个剧院，也就是伦敦的老维克剧院，当时莎士比亚的戏剧《理查二世》正在上演。那是我和丈夫第一次来到伦敦，来到这座令我们印象深刻的城市。我们之前一直住在奥地利的乡下，虽然我们知道维也纳、慕尼黑和罗马，但对国际大都市一无所知。我还记得，无论是在去剧院的路上，还是在地铁站乘坐陡峭的扶梯上上下下，抑或顶着站台寒冷的穿堂风匆忙追赶火车，我们都沉浸在一种奇异的兴奋和喜悦之中。终于，我们就像孩子们第一次看到舞台上的圣诞童话一样，坐在了紧闭的帷幕前。大幕拉开，好戏开场。不一会儿，年轻的国王登场，他是一个英俊的花花公子，我们早就知道他的命运如何：他会屈服于命运的摆布，最后无能为力地迎接死神的降临。我立刻对戏剧的情节发展产生了浓厚的兴趣，被场景和服装的绚丽色彩所吸引。我目不转睛地盯着舞台，但安东显得心不在焉，并未沉浸其中，好像有什么别的东西吸引了他的注意力。有一次，当我转过身去寻求他的认可时，我注意到他根本没在看舞台，也几乎没有听台上在说什么，而是凝视着坐在前排稍右的一位女士。她好几次转过身来，模糊不清的面庞上也好似露出了羞涩的微笑。

我和安东那时已经结婚六年了，我知道他不仅喜欢欣赏漂亮的成熟女性，也喜欢年轻少女，他也乐此不疲地试图用那一双富有南欧魅力的眼睛吸引她们的注意。这种行为从来没有真正引起过我的嫉妒，现在也不例外，我只是对安东因为这种过度消遣而错过了我认为珍贵的体验感到恼火，我也因此错过了他试图征服这位女士的进一步行动；即使在第一幕的表演中，当他轻触我的胳膊，抬起下巴，低垂眼睑望向那位女士时，我也只是冲她友好地点了点头，随后便继续欣赏舞台上的表演。中场休息时，安东自然不再掩饰，他飞快地冲出人群，把我带到了出口处。我明白，他想在那里等待那位陌生女士经过，但前提是，她必须起身离开座位。当然，目前她并没有离开座位的意思。她并非独自一人，而是有一位年轻男子作陪,这位男子和她一样,有着白皙细腻的皮肤和红棕色的头发,给人一种疲惫、颓废之感。在我看来,她算不上特别漂亮,也算不上举止娴雅,身穿百褶裙和毛衣,好似要去乡间散步一般。我们去外面散散步吧,我提议,接着便和他谈论起了这部戏剧,尽管我知道这毫无意义。

安东没有和我一起出去,也没有听我说话,而是近乎无礼地盯着那对现在站起身并朝我们走来的年轻人,他们的步伐如此缓慢,几乎静止不动。我想,他不能和他们攀谈,这不符合这里的习惯——当然,这在任何地方都于礼节不合,会被视为不可原谅的冒犯。就在这时,那位女士从我们面前走过,并没有注意到我们。她手里的节目单像蕾丝围巾般飘落到地毯上,上面"跟我来"[1]的字样让我想起了过去的时光。安东弯下腰拾起那份闪闪发光的节目单,却没有还给那位女士,而是询问她能否让他看一眼里面的内容。他看了看,用蹩脚的英语嘟囔着关于演出和演员的各种不协调之处,最后还向这两位陌生人做了自我介绍,貌似让那位年轻男士有点吃惊。是的,那位年

---

[1] 原文为法语。

轻女士的脸上也显露出惊讶和防备的神情,尽管她显然是故意把节目单掉在地上的,她仍然毫不掩饰地用神情黯淡、仿佛被阴霾所笼罩般的目光注视着我的丈夫。安东遵循欧洲大陆上的习惯,真诚地伸出了手,但她并没有理睬,也没有告知他们的名字,只是说,我们是兄妹。她的声音极其温柔甜美,一点也不骇人,却让我感到一阵莫名的阴森。听到这话,安东像孩子似的满脸通红,之后我们就离开了,在走廊上走来走去,断断续续地谈论着一些无关紧要的琐事,当我们经过镜子时,那位陌生的女士停了下来,整理了一下头发,并对着镜子里的安东笑了笑。不一会儿,铃声响起,我们回到了座位上,我沉浸在戏剧中,完全忘记了那对英国兄妹,但安东没有将他们遗忘。他不再时常向那边张望,但我知道,他只是在等待戏剧的结束。对那位老国王悲惨又孤独的死亡,他并不在意。帷幕落下,演员还未来得及谢幕,他就迫不及待地朝那对兄妹走去,劝说他们把存衣牌给他。很显然,他成功了,因为他令人厌烦地快速穿过静静等待的观众,不一会儿就拿着大衣和帽子回来了。我对他的殷勤感到恼火,我确信,我们最后一定会被这对兄妹冷淡地打发走,而在经历了这场悲剧的打击之后,我只能带着失望和情绪低落的安东回家,别无选择。

但事情与我预料的大相径庭。当我们穿戴整齐走出剧院时,外面正下着大雨,也没有出租车,于是我们四人挤在一辆安东费了九牛二虎之力才找到的小车里,这让我们都忍俊不禁,也让我忘记了之前的不快。去哪儿?安东问。女孩的声音明亮且甜美:去我们家吧。她告诉司机地址和门牌号,并邀请我们去喝杯茶,这令我大吃一惊。我叫薇薇安,我的哥哥叫劳里,我们可以互相直呼名字。我侧身看着这位女士,对她突如其来的亲近和活跃惊讶不已,就好像她之前一直被束缚着,只有现在在我们或安东身边时才能活动四肢一样。下车时,安东急忙给司机付钱,我站在那里看着眼前一排排房子,它们紧挨在一起,外观相差无几,门廊狭长得像寺庙,门前花园里的植物也几乎一模一样。我不由自主地想,要在这里认出一座房子一定很困难。当我看到兄妹俩的花园里独特的摆设——一只坐着的石猫时,我甚至感到有点高兴。与此同时,劳里已经打开了房屋的前门,他和妹妹先我们一步上了楼梯。安东趁机低声对我说:我认识她,我肯定认识她,有点面熟,但不知道在哪里见过。上楼后,薇薇安立刻转身为我们准备茶水,安东向她哥哥打听着,他们最近是否出过国,去了哪里。劳里的回答颇为迟疑,带着一丝勉强,不知道是这个私人问题令他不悦,还是他已经遗忘,因为他不停地抬手擦拭额头,神情也颇为忧郁。他不太对劲,我想,一切都不太对劲,这座房屋异常寂静、昏暗,家具陈设布满了灰尘,似乎无人居住已久。更不可思议的是,电灯可能被烧坏了,也可能是被拆了,他们只能点燃蜡烛,其中许多蜡烛都插在老家具高高的银色烛台里,看起来确实美丽,也给人一种温暖舒适的感觉。薇薇安用玻璃托盘端来的茶杯也很漂亮,有着精致而美丽的蓝色花纹,瓷器上如仙境般的图案依稀可辨。茶很浓,喝起来也很苦,没有加糖,也没有加奶油。你们讨论什么呢?薇薇安看着安东问道。我丈夫近乎无礼又急切地重复了他的问题。是的,薇薇安马上回答说,我们去了奥地利,在……但现在她也说不上那个地方的名字了,她迷茫地盯着那张被一层细尘覆盖的圆桌。

此刻,安东掏出他的烟盒,这是他从父亲那里继承来的扁平金色烟盒,尽管这样装香烟的方式已经过时,但他一直用到现在。他把烟盒打开,给我们所有人递烟,然后又把烟盒合上,放在桌子上。次日清晨我对此仍记忆犹新，而他却早已忘记。

　　就这样，我们喝了茶，也抽了烟。突然，薇薇安站起来打开收音机，在各种嘈杂的声音和人声片段中，收音机里传来轻柔悦耳的舞曲。薇薇安看着我丈夫说，我们跳舞吧。安东立刻站起来，搂住了她。但她的哥哥并没有邀我共舞，所以我们仍坐在桌边，一边听着音乐，一边看着他们在这个房间里来回舞动。我想，原来英国女人并不像我想象中的那样冷淡。但并不是说她不冷淡，相反，这位陌生的女士身上仍散发出一种温和的冷酷，但同时还散发着一种奇怪的贪婪，因为她的小手像藤蔓植物的吸盘一般紧紧抓住我丈夫的肩膀，她的嘴唇无声地蠕动着，仿佛在发出最痛苦也最迫切的呼唤。安东当时还是一个年轻力壮的小伙子，舞跳得也不错，他似乎并没有注意到他舞伴的异常举动，只是平静而充满爱意地低头看着她，而他也会时不时地用同样的眼神看着我，好像在说：别担心，一切都会过去，这没什么。尽管薇薇安和他一起轻盈地舞蹈着，但这支舞似乎就像收音机里的音乐一样没有尽头，只有节奏和旋律不断变化。这令他疲惫不已，他的额头上不一会儿就布满了汗珠，当他和薇薇安从我身边经过时，我甚至能听到他几乎是在喘息和呻吟。睡眼惺忪地坐在我身边的劳里突然开始跟着音乐打起拍子，他有节奏地敲打着桌面，先是用手指，接着又拿起了茶匙，还用上了我丈夫的烟盒。所有这一切都赋予了音乐一种令人窒息的紧迫感，我心中恐惧顿生。这是一个陷阱，我意识到，他们想抢劫或绑架我们，于是把我们引诱到了这里来，这太疯狂了！我们只是微不足道的外地人、游客和戏剧观众，我们身上除了用于演出结束后出门吃点东西的零星现金外，什么也没有。我突然疲惫不堪，偷偷地打了几个哈欠。我们喝的茶异乎寻常的苦涩，那是薇薇安端来的茶杯，或许我们的杯子里被放入了安眠药，他们的茶水是正常的？我想，我们还是回酒店吧。于是我再次望向了我的丈夫，但他并没有看我，而是双眼微闭，舞伴那张娇嫩的脸庞依偎在他的肩膀上。

电话在哪里？我不客气地问道，我想叫一辆出租车。劳里欣然地向后伸手，把电话拿到胸前，但当他拿起听筒时，里面并没有传来拨号音。劳里只是遗憾地耸了耸肩，安东此时也有所察觉，于是他停下脚步，把手臂从女人身上拿开，她惊讶地抬起头看向他，像一株在风中摇曳的娇弱小草般惊慌失措。时间不早了，我丈夫说，我们恐怕得走了。出乎意料的是，兄妹俩没有提出任何异议，只是友好且礼貌地说了几句诸如感谢这个美好夜晚之类的客套话。沉默寡言的劳里把我们带下楼到前门，而薇薇安在楼梯口就停下了脚步，她俯身靠在栏杆上，发出了夜莺般的声音。这声音似乎有什么深意，但又似乎只是声音而已。

不远处有一个出租车站，但安东想走一段路，他起初一言不发，好像疲惫不堪，后来却饶有兴致地与我交谈起来。他说自己肯定在什么地方见过这对兄妹，而且就是不久前，可能是在春天的基茨比厄尔，这对外国人来说是个难以记住的地名，薇薇安没有想起来也情有可原。他现在甚至想起了一段确切的经历，这是他早前在跳舞的时候回想起来的：在一条山路上，一辆接一辆的车从眼前驶过，他独自坐在一辆车里，而另一辆红色跑车里就坐着那对兄妹，开车的就是那个女人。车流中出现短暂的停滞，两辆车并排行驶几分钟后，那辆车超过了他，以一种不合常理的方式疾驰而去。她是不是很漂亮、很特别？安东马上问道。我说，她确实很漂亮、别有一番韵味，但也有点阴森。我提到公寓里的霉味、灰尘和停机的电话。安东并没有注意到这些，他现在也不想讨论这些，但我们都没有争吵的心情，我们都精疲力竭了。片刻过后，我们不再交谈，平静地回到酒店后就上床睡觉了。

我们原计划第二天早上去参观泰特美术馆，并且已经拿到了这个著名画廊的目录册，早餐时还翻阅了一下，商量着要去看哪些画以及不看哪些画。但是刚吃完早饭，我丈夫就发现他的烟盒不见了，当我告诉他我最后一次看到烟盒是在英国兄妹的桌子上时，他建议我们在去美术馆之前把烟盒拿回来。我立刻就明白了，他是故意把烟盒放在那里的，但我并没有戳穿他。我们在地图上找到了那条街，然后坐公交车去了那附近的一个广场。这时，雨已经停了，金色的初秋薄雾笼罩着大片的公园草坪，有着圆柱和屋檐的高大建筑也在缥缈的雾气中若隐若现。

我和安东的心情不错。我已经忘记了前一天晚上所有的焦虑不安，急切地想知道我们的新朋友在白天的表现和行为举止。我们不费吹灰之力就找到了那条街道和那座房子，但令我们惊讶的是，街道上所有房屋的百叶窗都关着，好像所有住户都还在沉睡或者出门旅行去了一样。当我第一次轻声敲门时，什么回应也没有，于是我们就更加急切地敲了起来，以至于到最后，我们几乎是不客气地、不间断地用力敲着房门。门上还有一个老式的黄铜门铃，我们也按了一下，但是仍然没有听到里面传来脚步声或说话声。最后我们离开了，但只走了几栋房子那么远，安东就停了下来。不是因为不想归还烟盒他们才不开门的，他说，他们可能出了什么事，比如煤气中毒，他们的房间里到处都有燃气灶具，他甚至在客厅里也看到了一个。他不愿相信兄妹俩已经离开，一定要报警，现在的他根本无法静下心来去美术馆欣赏画作了。此时，薄雾已然飘散，夏末绚丽的蔚蓝天空显现在人迹罕至的道路和79号房屋上方，当我们再次回到那间房屋前时，一切都像之前那样死一般的寂静。

我说，你得去问问邻居。右边隔壁房子的窗户打开了，一个胖女人拿着扫帚在前院漂亮的秋菊上扫来扫去。我们叫住她，努力让她明白我们的意思。我们不知道他们姓什么，只知道他们叫薇薇安和劳里，不过她似乎马上就明白了我们指的是谁。她拿开扫帚，穿着花朵纹样衬衫的结实胸脯靠在窗台上，惊恐地看着我们。我们昨晚来过这间房子，安东说，我们落下了一些东西，现在想去取。这不可能，她用尖厉的声音说道，只有她有这座房屋的钥匙，那里面并没有人居住。从什么时候开始的？我不由自主地问道。我们或许记错了门牌号，但那只石猫就躺在门前花园里，躺在那明媚的阳光下。

从三个月前，女人坚定地说道，从三个月前年轻的屋主去世之后。去世了？我们问道。我们不知所措地互相交谈着：太荒谬了，昨天我们还一起去了剧院，喝了茶，听了音乐，一起跳了舞。

等一下，胖女人说完便砰的一声关上了窗户。我以为她会打电话，把我们送去疯人院或警察局，但紧接着她走到街上，一脸好奇地看着我们，手上还拿着一大串钥匙。我没有疯，我说。我知道，她说，他们在国外山区的某个地方开快车，出了车祸，脖子都摔断了。

在基茨比厄尔？我丈夫惊恐地问。可能是这个地方，但也可能是其他地方，那女人说，没人能听懂这些外国名字。说着她便在我们前面走着，踏上台阶，并打开门锁。看到眼前的一切，我们相信了她说的话：房子空无一人，在她的帮助下，我们可以进入每一个房间，但打不开灯，于是她拿出了手电筒，房屋管理员对此并无异议。

我们跟在那个女人后面走。这里弥漫着潮湿和发霉的气味，我在楼梯上拉着丈夫的手说，这或许是另外一条街道，或许我们只不过是做了一场梦——两个人有可能会在同一个晚上做完全相同的梦——我们现在离开吧。是的，安东如释重负地说，你说得没错，我们来这里干什么呢？他停下脚步，伸手从口袋里掏出一些钱，想把钱给邻居作为她的辛苦费，但她已经上楼进了房间。尽管我们不想再这样做了，而且很确定这一切都是误会或幻觉，但也只好跟在她后面走进房间。进来吧，那个女人说着便拉开了百叶窗，她并没有完全拉开，只留出一条缝隙，却也足够让人看清屋内所有家具了，尤其是那张周围摆着几把椅子的圆桌，那上面覆盖了一层细尘。桌子上只放着一样东西，那是一个被一缕阳光笼罩着的扁平金色烟盒。

红 网

纪念玛丽-路易丝·亨塞尔

事情当然不是那样,但也可能是那样,在那个温暖、朦胧的七月午后,在湖边。夏天的游客在去这家或那家小饭馆吃点心的路上,听说那里的蛋糕不用面包票就能买到,每人一大块。那时仍是使用面包票且需要步行的年代,只是因为边境近在咫尺——以博登湖为界的边境线模糊不清,所以渔民们会在湖上划船,有时也会横渡湖面,带来或者带去一些东西,比如一件活物。在船上,有个人的心跳到了嗓子眼,当探照灯靠近时,他害怕地缩成一团。在家乡岸边的垂钓小屋里,他的钱就放在牛奶杯下面,那是一大笔钱,船夫也冒着很大的风险:他的自由,也许还有他的脑袋。因此,在这美丽的风景中,除了关于一杯咖啡和一块不用面包票就能买到的蛋糕的传闻,还有另一条更微小、更危险、更谨慎的地点信息。或许,后面磨坊旁的那人,没错,前面岬角上,高大的银白杨下的那人,他就是那个我要找的人?

一个温暖而朦胧的夏日午后,一个穿着灰裙子、黑羊毛外套和粗布鞋的女人正在散步。她头发乌黑,但没有任何外国血统,也绝非犹太人,操着汉萨同盟地区的口音,长着一张低地德语区的扁平面孔。她的护照上没有《圣经》中的名字,胸前没有佩戴黄星。如果一个人看起来是这副模样,他就不需要回避任何熟人,也不必独自一人去散步。雷娜塔也并非孤身一人,一位女士在她住的旅馆里陪着她,这位女士是某个地方法院的审判员,两个女人在长势很好的苹果树下不紧不慢地走着。审判员的脸庞红润而饱满,她不时弯下腰,从草地上摘下一朵山萝卜、一朵雏菊、一朵酸模花,不一会儿,她的手里就出现了一捧漂亮的花束。您有您儿子的消息了吗?她问。雷娜塔说道,有,谢谢您的关心,他现在在中部,但并没有冲在最前线,他很好。小儿子也很好,他还在上学,在北德的一所寄宿学校,离这里很远。审判员问他放假时会不会来,雷娜塔回答说会的,也许就在下个星期天。他已经是个大男孩了,很快就要比她高了。您可能是寡妇吧?审判员问。是的,雷娜塔说,但不是战争遗孀。她的丈夫心脏有问题,四十岁时突然去世,是在战争开始的三年前。雷娜塔心想,这种谈话太愚蠢了，但最好不要一个人散步，因为这样会引起太多人的注意。如果以后有人向审判员打听我的情况，她会说我们一起出去散步了，还吃了点儿黄油，喝了一小杯蜂蜜酒，谁不会这么做呢？很快，再过五分钟或十分钟，雷娜塔就会建议说，您可以去农舍打听一下，为了您的孩子和我的孩子，但我们当然不能一起去，两个人什么也打听不到。如果再往前走一点，绕过山丘，就能看到岬角上的房子，房子前有一棵高大的白杨树。但现在两人刚沿着山坡走，路就越来越窄，草也越来越高。在高高的草丛中，有一家人向两个女人迎面走来，他们排成一列纵队，谁也不敢践踏草地，否则农民们会挥舞着弯曲的镰刀冲向这些陌生的入侵者。三个人迎面走来，雷娜塔没有仔细看，那个女人就从她身边走过，但她的目光落在了那个男人身上，他根本不像在散步的人，他是那么笨拙，悲伤至极地垂着头，把哭泣的孩子牵在身后。雷娜塔心想，我的家人，我的孩子，如果有照片的话，事情就简单多了。但在她藏在胸罩里的信封中没有照片，只有名字、数字、日期。她停下脚步，看了看那几个人。孩子是六岁左右的女孩，她转过身来，咧开嘴笑着，用娇憨的面容对着雷娜塔，用手比画了个动作，好像要让雷娜塔在高高的草丛中蹲下来，和她玩一个小小的、可怕的游戏。他们也需要这些，审判员慈母般地说道，她指的是没有防空警报，却拥有黄油面包和新鲜的空气的夜晚。雷娜塔加快了脚步，是的，她想，他们需要最后一次并肩散步，生命的告别。但你不能问，也不能再回头，如果一切顺利，孩子今晚就会在瑞士了。如果一切顺利，怎么会不顺利呢，她找到了正确的地址，现在已经可以看到高大的白杨树下波光粼粼的湖面了。左边是另一个农庄，在路的高处。如果您愿意，可以去那儿试试，我去白杨树屋下面试试，我们一起分享收获。审判员很乐意，她充满干劲，囤积居奇式的打探固然尴尬，但仍是一次激动人心的冒险，正如当你带着几个鸡蛋和一小袋面粉回到家，这将会带来多少快乐啊。现在，雷娜塔独自一人走在通往湖边的小路上，她看到湖边离白杨树屋不远处还有一栋渔夫或农民的房子，在接骨木树丛和野玫瑰篱笆后面，像是被施了魔法一样。那儿应该是人们居住的地方，她想。雾气从水面上飘过来，再也听不到，也看不到什么了。当她继续走向银白杨时，她一直盯着另一栋房子，心情莫名地激动，仿佛那栋房子才是她真正的目的地，仿佛她的人生将在那里实现。她突然感到遗憾,因为她不得不小心翼翼,并且不能跟任何人谈论自己,甚至对看上去很和善的审判员也不能。她想告诉她:我不想要黄油,我想要的东西完全不同,我的命运建立在犹太人的命运之上。她喜欢这句话,它让人联想到悬在深渊上的房子,深渊下浑浊的流水汩汩奔涌,夹杂着大量的碎石、树干和劈裂的横梁,还有伸出手臂求救的活人。而你自己就在外面,在安全的岸边,可以在某些地方把人拉上来,因为你是血统纯正的雅利安人,是一位士兵的母亲,而且很富有。这大概是雷娜塔本想说的话,或许她还会讲一讲她在这样的关系中被苛求做的所有事情,以及她以清醒的头脑和执着的精神无所畏惧地完成了什么,只是今天有点疲倦,有点渴望和平与幸福。但审判员已经远在山坡那边了,她可能已经不值得信任了,还有谁值得信任呢?即使是对白杨树屋里的人,雷娜塔也不能与之说出真相。她不得不摸索前进的道路,向人讨要食物,讨要可租用的房间。一个女人正巧走出屋子,把狗唤了回去。这条狗已经叫了好一会儿,还拉扯着链子。当雷娜塔走过来问她借住时,她用一种异常胆怯的眼神盯着她,说自己什么都没有,没有黄油,也没有牛奶,看在上帝的分上,雷娜塔应该走了。这句"看在上帝的分上"本该让雷娜塔起疑,但她已经踏上了这条路,她看到了船只和渔网,看到了暗蓝色湖水的对岸,宁静而美好。她说,她必须和那个男人谈谈,向他问好并告诉他一些事情。那个又高又胖的女人,一直忧心忡忡地看着雷娜塔。那您来吧,她最后说道,接着把雷娜塔领进了一楼的一个房间,类似于客厅,有一张桌子,周围摆放着椅子,还有一个难看的碗橱,墙上奇怪的绿色污点就像有霉菌寄生似的。过了一会儿,她去找她丈夫了,雷娜塔在桌边坐下,从斗篷口袋里拿出一沓钞票握在手中。落地大座钟发出难听的吱呀声,敲了四下。透过灰色的纱帘,雷娜塔可以看到外面苹果园里的一头母牛正弓着背撒尿。渔夫走了进来,他个子不高,头发花白,长着一双愚笨的鱼眼,满脸是汗。你想干什么,谁派你来的?他不友好地问道。他并没有坐下,只是把白花花的小拳头撑在铺着丝质流苏桌布的桌子上。雷娜塔顿时提高了警惕。是谁告诉我的并不重要,她说,但我知道是你做的。我做了什么?那个男人恶狠狠地问道,我没做错什么,小姐,你搞错了。雷娜塔以为自己真的认错了房子,于是若无其事地把拿钱的手放到膝盖上。我想租一个房间,她说,可以吗？然后笑着看着渔夫。你并不是想租房，渔夫严肃地说，他冲着房门眨了眨眼，门口一定有人在向他示意。好吧，雷娜塔说，她的目光美好而真诚，我不想租房，我想花钱搭船，如果您不想开船，或许您可以告诉我有谁的船可以搭。男人没有回答，他仍然望着雷娜塔背后的房门，脸上不情愿地抽搐着，突然说道：过来。他的妻子默默地走过来并坐下，把强壮结实的胳膊放在桌子上。

您是一个人来的吗？她紧张不安地看着雷娜塔问道，路上没有人看见您吧？

雷娜塔说，有人看见我了，一家人都看见我了，而且我也不是一个人来的，是和我旅馆的一位女士一起来的，她现在正在大街上等我，我们要一起回家。

男人说，看吧，你看我说得没错吧，有人看见她了。女人一时间看上去非常惊慌，她用双手做了一个动作，仿佛她的双手是两个秤盘，其中一个上升，另一个下沉。雷娜塔也知道——但不是此时，而是很久以后才知道——在那一刻，女人掂量了什么，或者说计算了什么：一边是农庄、船只和家畜，代表着生命与自由，另一边则是一个陌生女人的命运。雷娜塔只看到那只手重重地落在桌子上，男人紧紧地握住那只手，似乎想阻止妻子再说什么。他弯下腰，斜靠在桌子上。雷娜塔想，我究竟在哪儿？这里就像湖底一样安静。但她马上又充满了新的希望，因为那个男人给了她一个地址，一座她应该去的房子，那座房子不在公路上，而是在狭窄的湖边小路上，离这儿有二十分钟的路程。从花园里就能看到那座房子，但你必须绕过岬角才能到达，那儿就是布斯霍夫，房主是一位农民，也是渔夫，他有两条船，夜晚在湖上航行。

接骨木丛中的房子？雷娜塔微笑着问道。她终究还是要去那里，去她真正的目的地。

是的，男人急忙说，她必须离开，他的妻子会给她带路，她不用害怕狗，狗是用链子拴着的。他突然好像非常着急地要赶走雷娜塔，几乎是用手把她推出房子，并在门口对妻子耳语了几句。她像个殉道者似的在雷娜塔前面慢慢地走着，只说：现在向左，现在向右，现在直走。周围太安静了，以至于她们还没转过谷仓，雷娜塔就听到了像是老式电话手柄发出的声音，还有渔夫的声音，但这声音就像故意压低了一样，听起来完全不同了。

他记下了我的名字，她想。但她对他没有任何怀疑，只是那个女人的行为让她感到奇怪，因为她只是为她推开了一扇院门，指了指芦苇丛中的一条小路，连一句告别的话也没有说，就转身离开了。雷娜塔在她身后喊了一声谢谢，就快步向前走去，她有些懊恼自己没能回到街上与审判员告别，从街上去接骨木丛中的房子似乎要快得多。这条芦苇小路虽然漂亮，但它不仅绕着这个长长的岬角蜿蜒曲折，也围绕着另外几个小岬角。房子在雷娜塔的视线中时隐时现，有时她只能看到灰色的芦苇林和明镜般的苍白水面，黑色的骨顶鸡在水面上点着头匆匆游过。有那么一瞬间，她觉得渔夫也许是故意让她走这条路的，以便赤着脚、悄无声息地快速跟踪她，拿走她身上的钱，她也无法告发他，因为她被他玩弄于股掌之上。她开始奔跑，心怦怦直跳，当听到路上传来引擎的声音时，她如释重负。一辆汽车疾驰而来，在附近停下，发出嘎吱的刹车声。在芦苇丛上方不远处，又出现了接骨木丛。雷娜塔放慢了脚步，她现在想到了那座房子，她用清醒而敏锐的头脑考虑着买下它的所有可能性，她已经可以看到自己和年幼的儿子们坐在湖面上一个简易搭建的阳台上。这将是所有救援行动的终点，她想待在这里，耕种她的花园，直到战争结束，纷纷扰扰都过去。当房子的屋顶和黄色的墙壁突然出现在雷娜塔面前时，她看到不远处的一个上了年纪的男人正忙着挂上红网。她先要让自己定下神来，事情还没到那一步呢，必须先把虎头虎脑的孩子带到安全的地方。她看见夜色中，孩子坐在船上，被红色的渔网包裹着，一只纤细的、苍老的手露了出来。引起她注意的汽油味本可以警示她，但她现在只想把送走孩子这最后一件事做完，以获得心安。她从口袋里拿出钞票，紧紧地攥在手里，走向那个男人身旁的红网，他头上戴着一顶古老的帽子，古怪地一言不发。她说，晚上好，然后喃喃自语，这次她不再小心翼翼，她请求他今晚带一个犹太孩子到湖对岸，而且这个孩子不能受到任何伤害。

她没有，也不可能得到回答，房子已经被清空，住户也被逮捕，那个戴旧帽子的男人只是一个靠在红网上的稻草人。两个身穿黑色制服的人从网后走了出来，一把抓住雷娜塔的胳膊。钞票掉在了地上，锁舌咔哒一声关上了。

在这种时刻，人们往往首先想到的是无关紧要的小事。雷娜塔被那两人拖进藏在屋后的汽车里，汽车向城里驶去。她首先想到的是地方法院的审判员，然后想到了孩子，孩子的父母现在只能徒劳地等待他们希望得到的消息。最后想到的是她自己,以及她赌上的高昂代价,也就是她的生命,不能再少,也不能再多了。您怎么能这样做?穿着黑色制服的警察们愤怒地说道。现在,她的儿子们正坐在她左右两边的后座上,问她说,妈妈,你怎么能这样做?突然间,她自己也难以置信,为了一个陌生的孩子,她付出了多大的代价,那就是她儿子们的未来。我们的时代女英雄,她毫无畏惧、面带微笑地在一片尘埃中离开了这美丽的夏日乡村。夕阳温暖地照耀着大地,但是北方碧绿的天空却寒冷如冰。雷娜塔裹紧了身上的黑色羊毛衫,也拉紧了腰带。傍晚,她在监狱里用那条又长又软的羊毛腰带系成了一条缢索,当看守走进来时,那张清秀勇敢的面庞已经凋谢。

稻 草

  快到中午十二点时,我发现了这封信。我没有特意寻找,真的只是发现了它。这封信不是我洗西装时从口袋里掏出来的,而是从一本书里掉出来的,这本书也并没有放在菲力克斯的床头柜上,而是放在了客厅的茶几上,茶几上还一直放着报纸,谁都可以翻阅。我并没有把整封信读完,我只看了开头几行字:我对你的爱欲是如此的强烈,我亲爱的心肝儿。当我刚看到这句话时,我还真是一头雾水,我只是想看看字迹而已,寄信人书写得很随意,每个字母都写得又大又漂亮,有些字母之间还留有空隙,害羞的心迹不言而喻。我这才反应过来,这句话意味着什么,尽管这显然没什么好笑的,但我还是有些忍俊不禁。过了好一会儿,我才意识到这封信可能是写给菲力克斯的。我没有接着开头继续读下去,只是看了看这一页的末尾——都是些温柔的话语,然后我就把信放回了书里,并把书合上了。我一边心想,一定有什么东西是我没注意到的,这封信绝非巧合,一边走进了厨房。开始准备午饭了,我系好围裙,把油倒进锅里,打开有着球形玻璃罩的切洋葱机器，它开始嗡嗡作响地转动起来，这样人们就不必去碰那些洋葱。人们再也不会流眼泪了。哭泣已成为过去时，就和我祖母那个时代里的女人无助得晕厥一样，不过那时会有一位女仆或一位胖乎乎的厨娘来扶住你并松开紧身胸衣，说道：别把它放在心上，男人都是这样的，我也经历过。或者只是简单地说，我可怜的夫人啊！我既没有晕厥过去，也没有哭泣，锅里的油正噼啪作响，哪有哭泣的必要。就这样吧，我想，现在把冰箱里的肉拿出来。打开冰箱门，然后又关上，开关门时发出了很奇怪的声音，那嘎吱声很小，却又清晰可辨，十分令人讨厌，每一声都那么彻底，仿佛是最后的声音。最后一次开冰箱，最后一次一起吃午饭，最后一次接到电话：你感觉怎么样？所有的一切都是最后一次了。究竟是为什么？到底发生了什么？什么都没发生，又好似发生了许多事，我就像把手伸进一个损坏的插座里遭到了电击，只是我不想承认而已。不，这不是真的，我把肉放在平底锅里煎着，红色的腹部肉片变得金黄，红色的脊背肉片也变成了棕色。

　　不，我一定不能变得如此糟糕，我一边这样想着，一边拿开煎锅，然后坐到桌旁削起了土豆，但这件事一直在我脑海里盘旋。当我削第一个土豆时，我非常生气，我心想，我可以这样做，但菲力克斯不行。我可以让男人为我着迷，因为这一切不过是谎言、愚弄和消遣罢了，因为女人们只有在看到陌生人眼里的光亮时，才能感受到被爱。但男人与女人不同，对他们而言，这些远远不够……

削完六个土豆后，我就没再削，因为我还不饿，一个就够吃了，但这样就不会引人注意——无论如何都不能引起菲力克斯的注意。我一点也不想谈论这封信，因为我知道文字是多么可怕的东西，人们用文字表达着真实。我脱下围裙，朝卧室走去。我打算打扮一番，好装出一个幸福少妇的样子，至于将来，就走一步看一步吧。正当我穿过走廊时，门铃响了。起初我并不想开门，因为我对可能出现在那里的人、对整个世界陡然产生一种恐惧。但我还是打开了。门前放着的只有药店寄来的一个包裹。我把它拆开，放到了卫生间里。我想，她现在必须学习一切：该用什么样的肥皂，该用什么样的牙膏，剃须刀的用法也有窍门，如果不知道就无法使用。她也得学会铺床，上帝保佑她能顺利上手；暖水袋要放到最底部，但或许他也不再需要了。暖水袋？

你在想什么？亲爱的，我还没有变老。当然，他也不会留恋这里的任何东西，无论是薰衣草香皂还是硬毛牙刷，一切都会不一样，一切都会换成新的。一切都会再次焕然一新。

于是，浴室里的我一边坐在浴缸边上自言自语，一边看着镜子里的自己。我已不再那么年轻，长了几道皱纹，有笑出来的皱纹，有思考的皱纹，也有生活的皱纹和时光流逝的皱纹。皱纹如同地图上的道路，那是真正的、我和他共同走过的痕迹。可是我没有想过给他写信的女人会不会比我年轻，我甚至没有想过那会是谁，我不在乎。我洗了把脸就回到了卧室，我想，他必须把这间公寓留给我，如果最后他不再和我同床共枕，那简直再好不过了，重要的是，谁想离开，谁就要搬出去。如果这间房子留给了我，那我就把它租出去，比如前厅，租客可以把沙发放在角落里当床用，更何况那儿还有一条漂亮的毯子。不过还得把前厅的衣橱搬进来，然后把挂衣服的隔层放在里面，还要买几个衣架。那个绿色的灯罩与那盏台灯一点也不相配，我得换个灯罩才行。我还得买点墙纸，我喜欢那种带波浪纹的蔷薇色壁纸，或者那种带有小船图案的也行，我对它们心动已久。

我被自己的这些想法逗笑了,脑海里涌现出无数种可能:或许这不是真的,或许这封信是很久之前的了,或许他们早已结束,或许并未结束,但总会成为历史。我想起女性杂志的读者来信栏中针对这种情况的建议,那些建议来自一个自称安娜阿姨或艾米莉阿姨的人。大致意思是,女人应该把桌子装点漂亮,穿上最新的衣服,拉直自己的鬈发,然后说,亲爱的,你不想喝一杯酒吗,我今天想庆祝一下。

就在这时,电话铃响了,但只响了一下,就像有时人们发现打错号码就立刻挂断一样。但我意识到,这很有可能是菲力克斯从办公室打来的电话。为什么我的眼睛突然流泪了呢?但这没什么大不了的,反正他也看不到我,他只能听到我的声音而已。我轻柔且愉悦地对他说,你说什么?你不来吃饭吗?发生什么事了吗?当然没有啦!一点也没有哦。我很高兴呢。我还要熨些衣物,稍晚点再去理发馆理个发。不,我没有准备任何特别的东西。我还没开始做饭呢。亲爱的,今天过得还好吗?我吗?我过得也很好啊。今天真是美好的一天。嗯,今晚见……

是的,我就是想这样做,轻松且随意。当他回家时，我也想这样和他谈一谈。

原本他应该已经回家了。已经一点半了，往常他总是准时回家。他平时中午胃口很好，也知道今天有他非常喜欢的炸猪排。但或许他再也想不到这一点了。回来这么晚，也许是因为和她一起坐在酒吧里喝酒，现在他可能正看着手表说，已经一点半了，她在等我，我必须回家了。

她在等，我想，她就是我。他知道不能让我等太久。他怕我。但这还不是最重要的。重要的是第三人称。他用第三人称称呼我。我是那个第三者，那个坏人，那个麻烦制造者："她"。我是一朵黄色的花，长着一片片奇怪的花瓣和长长的红色舌头，现在他再次陷入我用开胃小菜、金枪鱼和豌豆制成的陷阱之中，是的，艾米莉阿姨，非常感谢你的款待。他会突然放下刀叉说：对不起，但我不再爱你了，对不起，但是，请给我自由。

当然，我也想给他自由。请走吧，祝你一路顺风。你不是我人生的必选项，没有谁只能依附他人而活，我不需要这座房子，也不想要你的钱。我可以在我的旧办公室工作，很久以前我就想这么做了，但是你不允许。这样的办公室才让人感到舒服：早上好，施耐德先生，今天收到许多邮件吗？早上好，莉莉小姐，牙疼好点了吗？天哪，这里难道不能好好供暖吗？我想聊一聊老板的生日派对……

这些是当我站在窗前向外张望时，脑海里闪现的画面，但窗帘挡住了视线，菲力克斯看不到我站在那里。这是一个多么美好的二月天啊，阳光灿烂，万物生辉。人们每年都会忘记二月的阳光是多么明媚，现在他们正在把火轮从山上滚下来，还把丑陋的稻草人扔进了井里[1]，我和菲力克斯曾亲眼目睹过这一切。我们曾共同经历了许多美好时光，但他可能不愿再想起这一切了，这一切都不再美好，都变得灰暗而毫无生气。最糟糕的是，未来我们不会再共度美好，而过去也已不复存在，一切也都将像那个丑陋的黄色稻草人一样被抛入这口井中。现在，春天来了，一切都将焕然一新。

与此同时，我不得不向后退了两步，因为熟人路过了这里，是隔壁的魏尔勒先生和住在五号公寓的赛丹斯皮纳夫人。我已经可以想象他们会如何谈论：您听说了吗？那位可怜的女士。我无法忍受同情，这让

---

[1] 德国的一种习俗，火轮象征着滚滚的太阳，代表着在漫长的冬天之后给山谷带来的光明和温暖。

我感到恶心。同情是一碗漂着油花的热汤，是一种可怕的傲慢，赛丹斯皮纳夫人是谁？竟然还施舍同情于我。倘若我就此死去，会有亲爱的上帝亲自为我操办，那里没有失败，那时他会回家来，嘴里还念叨着亲切的话语：你是我的一切，过去的一切都那么美好。这样他们事后就不会说，她在生命的最后非常放纵自己，而实际上，人们并不能责怪他。

啊，愚蠢的家伙，我心里想，邻居的想法和我有什么关系呢。我也绝不会像赫塔当年那样在他们面前哭诉道：结婚这么多年，我一直是个好妻子，你们明白吗？当然，对菲力克斯而言，我算不上一个好妻子，否则他不会想离开我。他也从不会为我写那样温柔缱绻的书信，也许他原本会写温情脉脉的情书，也许他害怕回家，可是我能跟他们诉说什么呢。

当时我一直盯着窗外看，突然，一个男人从拐角处走了过来。他身材魁梧，步伐稳健，穿着深蓝色的冬装大衣。我的心猛地一跳，就像飞机骤然下降一样。我试图摆出一副若无其事的表情，但这不过是徒劳无功，他已经察觉到我的视线。那人走近了些，他根本就不是菲力克斯，而是个陌生人。我想，这可真是滑稽，其实我可以在那人过来之前就离开的。我可以去城里的一家咖啡馆坐一坐，就是那家位于交易所旁、满是悲伤和尘土的咖啡馆。咖啡馆有许多面镜子，我上百次地坐在那里，也上百次地望着镜中被抛弃的女人。在咖啡馆，我可以翻翻杂志，抽支烟，看看窗外的风景，几个小时就这样过去了。我可以走进电影院一场接一场地看电影，直到夜幕降临。天色已晚，菲力克斯不得已向警察局打电话，这令他极为尴尬。您说您的妻子失踪了？什么？她穿着什么样的衣服？嗯，我不知道。

现在已是下午两点，我再也站不住了。我坐到一张椅子上，像往常一样打开收音机。当人们想听一些令人愉悦或放松的声音时，就会想到水流声，想到祖国的所有河流，其中威悉河的水流量最大，但它离这里很是遥远。这时，电话铃又响了，这次不止响了一次。我知道，一定是菲力克斯打来的。确实是他。我还记得，我原本打算像之前练习的那样，低沉且温柔地对他说话，但在接起电话的那一刻，因为那间悲伤的咖啡馆、那些流淌着的河水还有警察局，我的心情非常糟糕，结果就变成了这样：

啊，原来是你呀。（错啦，错啦！）

你说什么？你不来吃饭了？（音调不对！）

好吧，我知道了，天气确实不错。

你没事儿吧？是啊，当然没事儿咯。

我很奇怪？我哪里奇怪了？

没有，什么事也没发生。至少没发生什么你感兴趣的事情。

为什么不这样说话？我相信你比我更清楚。就这样继续说着。我一直用这种恶劣的、侮辱性的口吻说着话，我并不想这样，但这些话从我嘴里冒出来，正如我心里的稻草人所说的话，沮丧、压抑、令人反感。默不作声，这样他就可以挂断电话了。但他并没有这样做，而我也只是静静地站在那里，耳朵贴着听筒，一言不发。你还在吗？他问道，语气温柔，最后无可奈何地挂断了电话。我也挂了电话，就站在那里，恨自己，也恨他，是他让我如此难过。第三者，坏人，被扔进井里的稻草人，再见了。我想，我现在可以把这封信读完，现在的我已经变成他们想象中的样子了，只要我还活着，也许就会一直这样。

于是我走进客厅，把信从书里抽出来，点上一支烟。其实我早该这么做了，为什么我的想法总在两层楼之间跳跃？楼上的人说，世界上没有幸福的婚姻；楼下的人说，回到婚姻中来吧。我开始重读这封信，很快就读完了第一页,第一页我已经很熟悉了;第二页上只有寥寥几行字;第三页和第四页上一个字都没有。第二页上写着:还有五天就到期了,其实是四天半,不要忘记去洗衣店取衣服,那些东西应该早就洗好了。再见,亲爱的弗朗兹,拥抱你,照顾好自己,玛丽亚。

再见,亲爱的弗朗兹,照顾好自己。再见,亲爱的弗朗兹,照顾好自己。我重复了十遍,然后傻呵呵地大笑起来,原来这封信的收信人并不是菲力克斯,而是一个名叫弗朗兹·科夫的人,他的名字就写在这本书上。除了从一位古怪的先生那里借来这本企业经济学相关的书外,菲力克斯与整件事情毫无关系。我对自己这样说,实际上却难以接受这个事实。我现在或许应该又跳又笑地唱起歌来才对,但我并没有这么做。我就这么坐着,注视着前方,感觉就像掉进了深井里,正打算爬出来。奇怪的是,我没有爬到井口,没有回到旧日的明亮中去。

整个下午我都在试图从黑暗的井里爬出来,到了傍晚,我终于成功了。菲力克斯回到家,我笑了笑说,对不起,我在电话里太粗鲁了,我当时头痛得厉害,谢天谢地,现在没事了。肯定没事了,菲力克斯说，你看上去气色很好。但他突然问：那是什么？他把手伸过来，从我头发上扯下一根长长的白色稻草，问道，这是从哪里来的？

至爱的"三棵冷杉树"①

几年前,阿尔萨斯的一个法院审理了一起引发广泛关注的案件:一名男子被指控纵火,检察官要求判处重刑。这名男子还很年轻,不到三十岁,他拒绝申请辩护律师,而是自己发表了长篇辩护词。他没有试图否认自己有罪,也没有指控他人的罪行。他非常清楚自己所作所为应受的惩罚,但他的辩护词似乎让他的罪责变成了一种完全不同的、更加普遍的罪责。最终,尽管他没有被无罪释放,但他的辩护在整个法庭上营造了一种沉思的氛围,这对他的轻判十分有利。人们认识到,这起让一座古老庄园成为牺牲品的纵火案并非出于发财致富的欲望或保险欺诈的目的,也并非出自任何自私自利的动机,而是被告人在激情妄想的驱使下,实施了破坏行为。如果被告人没有从一开始就极力否认,那么将这种妄想视为一种病态行为就是理所应当的,而且肯定也会有人这样认为。这名男子的叙述在澄清一切的同时又令人费解,应高等法院

---

① 原文为法语。

的要求，他立即起身，在没有拿书面材料的情况下发表了长达半小时的讲话，他时而坦然地注视着法庭庭长、陪审团或旁听席，时而又近乎呆滞、怯懦地目视无人之处。他唯一的请求是想要一块黑板，刚开始，他在黑板上画出包含波浪线、直线、四边形和圆圈的地图，并在后来的辩护过程中多次指向地图。有些陪审员和旁听者还注意到，他画图、擦拭和指示的双手非常有力，晒得黝黑，就像一个虽不是农民却长期干农活的人的双手一样。这样的外貌特征与被告人平静而慎重的表达方式很不相称，以至于旁听者不知道自己面对的是谁，所以起初在倾听被告人陈述时，他们带着几分怀疑，甚至还小声地窃窃私语。然而，当他寥寥几笔画完后，他的思路也并没有被其他人的窃窃私语所干扰。不仅是陪审团，就连法官也产生了一种奇怪又有些蒙羞的感觉：似乎被告人并不是在向面前的他们作证，而是在向一个根本不在场的人作证，也许此人与在场的所有人都不可相提并论。

被告人指着黑板上他画的一个小长方形说：这是一个名为"三棵冷杉树"的庄园。它在不久之前一直属于德·阿古男爵，这里标出的葡萄园和草地也归他所有。几个月前，他卖掉了自己的庄园。因此，正如你们听说的那样,受害者并非他本人,而是买家,一个建房互助协会①。

听了被告人的这番话,众人的兴趣纷纷转向几位出庭作证的证人,显然,他们代表着建房互助协会。至于上述这位男爵,他虽被传唤却并未出庭。被告人提起一次他的名字之后就称他为"先生",而且每次提到这位先生时,他的脸上都会流露出一种充满悲伤与渴望的奇怪神情。我必须说说这个村庄和这座房子的一些情况,他接着说道,我不得不提醒各位,总有些地方是人们心驰神往的,即使他们不在那里出生,也从未想过在那里找寻什么。他们会对那些地方怀有一种强烈而狂热的爱,也会发觉自己并不是唯一有这种感觉的人。他们试图弄明白为什么会产生如此夸张又近乎病态的爱,我也时常努力去理解自己对这座"三棵冷杉树"庄园的感情。我曾一度以为自己只是爱上了这里变幻莫测的风景,它随风而变,时而妩媚温柔,时而狂野阴森,时而似乎属于温柔的河谷平原,时而又似乎属于充满孤独和狼群的崎岖山林。后

---

① 指德国房地产的一种合作开发模式,开发商或个人自行组成一个合作社,政府通过将土地低价或免费出售给开发合作社,以达到提供质优价低的居住空间的目的。

来我又觉得真正吸引我的是那座房子本身:残垣断壁、散发出怪味的老楼梯、祖先的画像、破旧的丝绒家具,还有房子外面的三棵冷杉树,它们来自古老的加尔瓦略山山顶。但我终于意识到,这样的情感是无法解释清楚的。

说完这些话,被告人再次转向黑板。他用手指着一个细长的长方形说:这是马厩,先生的父亲曾将他的马养在这里。我来到"三棵冷杉树"庄园的时候,这匹马已经死了。当先生的父亲骑着它穿过巴隆·德·阿尔萨斯山脚下的森林时,它就已经是匹老马了。山上偏远的农村里,还有几位老人仍记得这位孤独的骑手。

这时,法官做了一个不耐烦的动作。言归正传吧,他严肃地说。被告人依然镇定自若。

先生的父母就是正题,他说,当我来到"三棵冷杉树"庄园时,尽管先生的父母早已被安葬在小墓地里,但他们并没有真正意义上地死去。他们还活着,这对先生来说是个沉重的负担,就像他的一切,他的房子、农场和雇员一样,都是他沉重的负担。因为先生无法满足任何人,无论是活着的还是死去的人。所有人都在指责他,或许只有当一切都结束的时候,他们才会意识到他也是一个人，一个他们也曾深爱过的人。

什么叫"当一切都结束的时候"？法官问。

就是先生忍无可忍的时候，被告人回答道。他继续说，当时我已经不在"三棵冷杉树"庄园了。但是我听说他卖掉了房子和农场，这犹如一把刀刺进我的胸膛。我想起第一次来到"三棵冷杉树"庄园的日子，那时我是一名退伍士兵，我请求先生给我些食物和活计，尽管庄园里只有一些与我的职业毫不相干的活儿：推土、挖土豆、摘苹果并放进筐子、搭猪圈。乡下人都清楚在这儿要干哪些活，一年到头都不得闲。先生知道我读过书，想当老师，有时他会说这里没有任何工作适合我，我在浪费时间。后来我向他解释，为什么目前对我来说，这项工作比其他任何事情都更有意义；我有一双巧手，他能用到我。他听完不再多言。他也很喜欢我，多次邀请我一同用餐，让我融入他的家庭。我不得不在晚上换好衣服，优雅地用餐，文质彬彬地交谈，而我在军队的时候已经荒疏了这一切，也不想再这样做了。于是，我像其他人一样在厨房吃饭，晚上坐在自己的房间里，打开收音机，望着窗外的三棵冷杉树与山谷。有时我会想到先生，想到他面带忧郁地走过草地和田野,有一次我甚至想到,如果先生不是拥有这里的一切,也许他会独自离开,天知道他会去哪里,去异国他乡或是海边。后来我又觉得,他只是有些忧虑。战后,我们这里没有德国发展得快速,在德国,每栋农舍都被加高了,粉刷得五颜六色,许多漆成红色和亮蓝色的新型农业机械在田野里来回穿梭。当我结束了一天的工作,望向窗外的夏夜时,先生正坐在书桌前算着账……

你们也许会感到奇怪:先生未婚,又是孤身一人,为什么要精打细算,而且忧心忡忡呢?其实他并非孤身一人。他有三个姐妹,分别是贝尔特夫人、弗洛尔夫人以及被他们称为"小宝贝"的朱莉夫人。三姐妹外貌出众,并且都嫁到了巴黎。她们一会儿是这个过来,一会儿是那个过来,她们一到这儿来就会脱掉高跟鞋和精致的套装,从衣柜里拿出风衣,跑进森林,穿过草地,把头发披散下来。她们的头发略带红色,奔跑的动作幅度很大,所以我总觉得她们宛如风之新娘,那样捉摸不透,难以将其留住。她们还有一个特殊的癖好,喜欢坐在破旧的儿童椅上、睡在狭窄的儿童床上。我想,她们根本不想长大,只想永远做个孩子,永远待在家里。她们表现得像孩子一样,向先生要钱,就像孩子向父母要钱买糖果一样,完全不知道钱是什么、从哪里来。先生为她们支付烫发费和医药费。尽管她们的到来令他很高兴,但让他恼火的是,她们在任何事情上都要对他指手画脚,一旦发现有任何一点变化就会大吵大闹。黄色的犬蔷薇为什么死了?她们愤怒地喊道,金鱼去哪儿了,是谁把那些丑陋的鸡笼放在草地上?每当这时,我都为先生感到难过,毕竟,让他一直扮演父亲的角色也太苛刻了。我试着向夫人们解释,尤其是我最喜欢的朱莉夫人,即便她是最孩子气的一个。但朱莉夫人对此丝毫不体谅。就像爸爸一样,她生气地说,他原本可以很快乐,然后开始讲述她的父亲,讲那些我早已烂熟于心的老故事……

说到这里,被告人停顿了一下,自嘲地笑了笑,好像不知该如何说下去。但他还是振作起来,解释说,这几位年轻女士都十分信任他。他说,只要她们中间的某一位在场,我的工作就会受到干扰,她们会要求我一同去这儿或者那儿评判一番。她们直呼我的名字,还经常说,要是我一直在这里该有多好,再也不会让我离开了。但最终我还是打算离开那里,因为我有望获得奖学金,也想继续学业,只是我把离开的时间推迟了一个月又一个月,而且对此只字未提,这样我就不会被迫坚持自己的决定了。那是去年夏天,天气美好又炎热,干草长势旺盛,只是不多,因为之前一直很干旱,草很难长出。朱莉夫人在七月的时候来了,她忙着给花圃除草,而其他人都无暇顾及此事,先生有时会到花园里和她聊天。我记得很清楚,那天下午我看见他们站在花园里聊天。我恰好从房子前面走过,听到电话铃响起,因为没人接听,我跑上台阶来到前厅,拿起了听筒。是银行的一位男士打来的,他想和先生通话,于是我走到花园里告知先生,随后在朱莉夫人身边多待了一会儿。她蹲下身去拔地里轻盈摇曳的杂草。请留下来陪陪我吧,朱莉夫人说。过了一会儿,她突然仰起头说,这里太美好了。但是,天下没有不散的筵席,这会毁掉所有快乐。

我很惊讶朱莉夫人会说出这样的话,而且泪眼汪汪,因为朱莉夫人的婚姻非常幸福,她有两个可爱的孩子,在巴黎有一个漂亮的家。我想起来,先生的姐妹们很少带她们的丈夫和孩子一起来"三棵冷杉树"庄园,这是多么不同寻常。朱莉夫人把湿漉漉的脸庞藏在盛开的绣球花下面,当先生回来时,她又恢复了笑容,并将长长的鬈发甩到了后颈上。我注意到,她迅速且认真地看了一眼哥哥，我也做了同样的动作，我发现，先生的脸色变了，变得十分凝重。朱莉夫人当时一定想问先生，谁打来的电话以及打来的原因，但是她迟疑了一会儿，这时，屋里的电话铃再度响起。我们三人都沉默不语，所以可以清楚地听见。这一次，先生没有等着看是否会有人来接电话，而是转身大步穿过花园，走上楼梯。他许久都没有出来，当他终于再次走出家门时，只是朝他妹妹喊了一声，让她不必等他吃饭，他必须去城里一趟。

直到很久以后，我才推测出那几通电话的原委，从先生去车库的那一刻起，他就已经做好了关于"三棵冷杉树"庄园的决定。当时，也就是那天傍晚，以及随后的几天和几周里，先生并没有表现出异样，如果他觉得有必要的话，也能佯装自己没事。我只注意到，他对妹妹的照顾比平时更多了，他经常和她一起去森林里，还带她去周边短途旅行，以前他从不会这样，因为汽油太贵了。可朱莉夫人没有从他口中得知任何消息，八月底我送她去火车站时，她说过不了多久，最迟圣诞节前就会回来。她还说，这次经历就像很久以前一样美好，其实自打童年起就没有过这样的美好。我把她的行李箱提上火车，站在车外向她挥手，回家后告诉先生，我想去斯特拉斯堡读冬季学期，先生吃惊地注视了我许久，但随后他表示并无权利挽留我，还陡然流露出如释重负的神情。

于是，我真的在秋天时离开。那天我感觉很不舒服，之前的很多天也是如此。和先生告别时，我问他，我能否回来过圣诞节——我直到最后才问，我以为先生会想到邀请我。先生没有看我，只是匆匆说，当然可以，这是理所当然的。可是他就像一个根本不相信圣诞节会到来的人，或者说他的心思完全不在圣诞节上。尽管如此，我还是很高兴自己问了这件事情，在来到这座城市的头几个星期里，我经常想象圣诞节会是什么样子。我想起了我在"三棵冷杉树"庄园度过的四五个圣诞节，每一次热风拂过森林边缘，都如同在弹奏威风凛凛的管风琴；天气非常暖和，零上十五六度，紫罗兰都盛开了。

后来有一天，我在报纸上看到了一张"三棵冷杉树"庄园的照片。我立刻就恼火了，因为那是一张丑陋的灰色照片，丝毫看不出天空的绚烂光辉、老杉树的奇异长势，以及从双层露天台阶拾级而上直达大门口的美感。这张照片下面的文字，我读了一遍又一遍，因为一开始并没有理解。这是一篇关于在全国各地买下许多地皮——包括"三棵冷杉树"庄园——的建房互助协会的报道，他们计划在这些地皮上建造大批廉价住宅区。报道称，该建房互助协会还从"三棵冷杉树"庄园的土地所有者手中接管了一座古老的庄园，并将在那里建造一个提供食宿服务的旅店。

我扔下报纸，没吃完午饭就飞奔离开，就在我刚才说过的那一瞬间，我回忆起所有的往事，想起那些不可思议的事情。我真想抛下一切，直接坐上火车。但直到一周后的十二月二十日我才出发，在此期间我反复思量，也想过整件事可能是个误会——报纸上经常登载一些令人难以置信的不实之词。从火车站到"三棵冷杉树"庄园大约需要四十五分钟，途中会经过许多房子，我尽量不与任何人交谈，只是挥挥手，笑一笑，然后继续向前走，假装自己从未离开过，只是出来散散步而已。此时已是傍晚时分，温暖柔和的风吹响了森林边缘的管风琴，天色很快暗了下来。从远处就能看见的古老庄园没有亮灯，马厩也没有。我立刻发觉：报纸上说的没错，这里已经没有人住了。马厩里不再有牛和马，厨房里也不再生火做饭。我看到房子像"飞翔的荷兰人"号一样在波浪般的山脊上航行，船上还载满了死人，这简直就是一场可怕的噩梦。

尽管如此，我还是不可避免地注意到，这个狭长的村庄已经发生了一些变化：地基挖好了，道路划定了。在暮色中，我似乎看到了一个巨大的脚手架，那里好像是新建的厂房，上面的几盏灯笼像喝醉酒的星星一样在高处摇晃着，尽管时间已晚，我好像还是听到了水泥搅拌机的声音。我遇到的人们脸上都洋溢着兴奋和期待的神情，仿佛一个更加美好的新时代即将来临。一时间我感到羞愧，觉得任何不相信未来的人都是在犯罪。但事实并非如此，只是在这座房子里，一切都应该保持原样。我并不是为了自己才这样做，而是为了贝尔特夫人、弗洛尔夫人和朱莉夫人，否则她们再也无法穿着旧夹克在草地上迎风奔跑，再也不会原谅她们的哥哥。因为没有人能够向她们解释我那天傍晚散步时了解到的情况，即银行解除了先生的贷款合约，就在朱莉夫人拔掉花园灌木丛中的杂草那一天。不久之后，建房互助协会给他打来电话，向他提出了建议，他在绝望中（或许是因为他已经做过长时间的努力）接受了这个建议。她们从这一切中只能明白，她们再也无法来到"三棵冷杉树"庄园，她们突然被迫以一种可怕的方式成长。

说完这些话,一直没有被打断的被告人又回到了黑板和他的画前。他用手指沿着粉笔线的痕迹指出他绕着谷仓走过的地方,在那里,他看到了一堆家具搬运工留下的稻草和木棉。在那一瞬间,他说,我萌生了一个念头:放火烧掉"三棵冷杉树"庄园的老房子,给它画上一个真正的句号。但我还是继续往前走,因为我看到有辆车停在院子中间,我一眼就认出那是先生的车。接着我也看到了先生,他手里拿着一把凿子,正走向靠在房子墙边的梯子,我明白了:他要将安装在门上方的小石雕纹章取下来。房门大开,所有的窗户也都敞开着,在风中摇来晃去。噪声很大,大到先生都没能听见我的脚步声,直到我走到他身后,向他道了声晚上好,他才转过身来,怔怔地看着我。

让我来吧,我说,就像每当先生做一些他不适合做并且会花费过多时间和精力的工作时,我上百次说过的话一样。先生在那一刻可能也是这样想的,他把凿子递给我,笑了笑。他看起来脸色苍白,却并不苍老,我想知道他现在要做什么,对他而言现在是否还有诸如实现旧梦之类的事情。但我并未问出口,而是让他开车离开,显然,他也打算这么做,因为车的停车灯亮着,发动机安静地运转着,行李也放好了。真的,他说,我非常感激你,他随即坐上驾驶座,动作迅速得如同逃跑一般。他似乎对我的到来丝毫不感到惊讶,而我遇见他也并不吃惊,我只是看出,他在这儿再也待不下去了,一秒钟也待不下去了。他握了握我的手,拉上了车门,车在院子里掉头时,车灯的光相继落在玫瑰花坛、双弧形石阶、古怪的冷杉树和圆形的喷泉池上,然后消失在大门后面。我又等了一会儿,直到他从山上开下来,绕了一圈,山和房子都在他身后,什么也看不见了。我把凿子放到一边,拾起稻草和木棉,来到车库,车库里空空如也,除了半桶汽油。我安静且缓慢地走着,像在梦里似的,脑子里几乎什么都没想,只想着朱莉夫人肯定永远也不会明白,此刻我为什么要放火烧老房子,我这样做又是为了谁,因为这一切都与我无关,也许一个女人是根本无法体会这些的。但是,事情顺其自然地发生了,就是按照某种特定的隐秘规律,我用打火机点燃的木棉立刻燃烧起来,狂风带着火焰迅速穿过空荡的房间,整栋楼很快就充斥着火焰。即使人们从四面八方跑过来,喊叫着,村里的消防队也开上山了,我依然坚信，如果"三棵冷杉树"庄园从大地上彻底消失，那么一切都会变得更好。因为只有这样，它才得以继续存在，一如往昔，永世长存。

暗 湖

前几日，我在报纸上看到，今年夏天的阿尔巴诺湖染成了血红色。正如报道所说，这一现象出现的原因很容易解释：某种藻类大量出现，即所谓的血藻，只要一开花就会分泌出一种红色的色素。当然，我很少在意这种自然科学解释。我看到了面前的湖泊，这只幽黑深邃的眼睛被森林覆盖的山丘环绕，山脊上有明亮又美好的地方，而火山口则笼罩着阴暗的沉重感。这湖水为何变成血红色？对我来说，没有什么比这更容易理解了：因为它自古以来便是一片可怕的、甚至遭诅咒的水域。

即使是教皇本人也无法改变这一点，他夏季居住在山脊上，当然不是朝向湖泊，而是向着另一侧，那里能看到葡萄园的坡地，长着大角的白牛，画着有趣彩绘的拖拉机在肥沃的田野上拉犁，还有远处波光粼粼的海面。所以，教皇的背后是魔鬼的扭曲表情吗？是的，人们准是这样看待这个湖的，至少在早些时候，人们对一个地方的危险气息还有着更敏锐的感知，那时人们还不像现在，善意地拍打大自然的侧胁，如同对待马戏团的一匹老马，骑着它慢慢地跑圈，还可以在它身上站立、跳跃和戏耍。如果不是那些外来者给他们上了更糟糕的一课，湖岸的居民可能也不会失去这种愈发敏锐的感知。

是的，无疑是那些外来者的过错，导致湖泊在过去几年中失去了它的神秘面貌。当他们在高高的甘多尔福堡的橡树林荫道上散步时，并没有谈论应该谈论的食物、物价与爱情。他们向自己的妻子和孩子们解释了罗马与阿尔巴朗格之间的战役，然后轻蔑地耸耸肩膀说道：难以置信吧？这么美丽的湖泊……如果它距离我们城里只有十五公里，那儿将应有尽有：周末度假小屋与浴场、粉刷成红蓝相间的栈桥、拥有湖畔露台的咖啡馆以及夜晚带彩灯和舞池的餐厅。同时，他们俯视着低洼的水面，那上面没有一条小船穿过；望着陡峭的山坡，那尘土飞扬的绿色中并没有一座白色的乡村别墅冒出来。当一片乌云恰好遮住太阳，一阵寒冷的穿堂风从深处吹来时，他们兴许会对阳光明媚的南方谎言发表一些不友好的言论。然而，他们丝毫没有觉察到这里的魔鬼。

此后，当地人对魔鬼的感知也越来越淡。资金投入乡村，道路修建起来了，这些蓝色沥青路在葡萄山、橡树林和栗树林里穿梭，孤独消失殆尽。以往总会在星期天蜂拥至山脊某处的小镇居民，现在也开始下山到湖边，好奇地环顾四周。一个年轻的当地人建造了一间小屋，用以售卖饮料，第二年又增加了一项小规模的租船业务。那些在炎炎夏日划船的人也想要洗浴，于是一排小更衣室应运而生。只有快速的运转，尤其是发动机有趣的轰鸣声，才能唤起人们对生活的正确感受，所以还必须引进其他船只：一种火红色和湛蓝色的水上汽艇，让恋人们紧紧依偎在一起，在黑色的水面上划出狂野的圆圈。带铁椅的木制露台很快就无法满足那些娇生惯养的客人，于是，一位来自罗马的新婚服务员安东尼奥大胆地用岳父的资金，扩建了湖边离马利诺小镇相当远的唯一一座房子，并在那里开了一家餐厅。到那儿去的湖畔小径布满岩石，经常被水淹没，几乎无法通行。这对喜欢冒险的远足者来说，又多了一份吸引力。年轻的餐厅老板在盛开的夹竹桃灌木丛间为他们准备了小憩的场所，在树荫下摆放了桌椅，为远道而来的客人提供美味的食物和友好的服务。很快，在他那儿用餐的富人越来越多，其中一两个可能已经计划在附近建造一座避暑别墅，因此在回家的路上去拜访了市长。年轻人带上泳衣，从餐厅前的小码头跳入水中，而店主竖起的一块警示湖中危险漩涡的布告牌，有一天也被几个男孩卸下来当成了木筏。就这样，最后一处可见的警告标志消失了，现在这里仿佛充斥着白色房子给人带来的安宁之感，显得更加友好，成为恋人们的乐园：他们可以在饭后沿着细长的湖畔小径漫步，在橡树和栗树间躲避好奇的目光。安东尼奥，这位年轻的餐厅老板，是生意兴隆的灵魂人物，妻子丽塔亲切热情地站在他身旁；小儿子已经会拿着盘子和餐具跑来跑去，为到来的汽车指引正确的方向。虽然安东尼奥并不是特别笃信宗教，但他现在时常因为给儿子取名为欧亨尼奥而感到高兴，这也是甘多尔福堡一位夏季贵宾的名字，安东尼奥对他怀有感激之情，并将他视作一位好邻居和孩子的守护神。

一天傍晚，甘多尔福堡小镇的上空闪耀着金色的光芒，山坡边上的树木在黑暗的阴影中显示出奇怪的形状。安东尼奥叫来儿子，指着一棵树给他看，树的形状宛如一个人在祈福。刚从湖畔走进花园的小欧亨尼奥也听话地站在父亲身边，望向上方，接着用冰冷的手指握住父亲的手，说他现在也想给父亲展示些什么，并拉着安东尼奥返回原来的地方。一路上，他没有说话，也没有回答一句父亲的询问。即使母亲用她那洪亮有活力的声音呼唤两人，并将她那被炉火映得发红的脸探出窗外，儿子也只是不情愿地摇摇头，推开花园的门，拉着父亲沿着橡树丛间狭窄的小路离去。右边是湖泊，左边是山坡，太阳已经落山，小浪花拍打着岸边的树根，发出兴奋的潺潺之音；这里没有沙滩。在小路的一个转角后面出现了两个大一些的孩子，他们是小欧亨尼奥的玩伴，都是野蛮而健壮的男孩，安东尼奥冲着他们喊了几句玩笑话，但他们既没有回应，也没有跳起来，而是奇怪地僵坐在山坡上距离山间小路约二三十米的地方，傍着一节粗糙而高大的树根，那里面透出一些白色的东西。安东尼奥看见孩子们苍白的脸庞，感觉到儿子握着自己的手在颤抖，他终于意识到，孩子们一定是发现了令他们恐惧的东西。他命令小欧亨尼奥站在原地，快步走向那节树根：里面确实隐藏着一些可怕的东西，那是一个被以残忍的方式插入木头中的裸体，一个没有头颅的人的身体。

　　我绝不会去讲述这整起尚未侦破的谋杀案的全部细节。尽管当时报纸上几个星期以来都充斥着各种猜疑、指控、错误的线索和正确却没有任何结果的提示,但多数我都记不清楚了。我只知道,湖边旅店的店主从未真正被怀疑过,因为他作为证人接受了审问,却从未被起诉,尽管犯罪地点离他家很近。消失的、也许沉在湖底的头颅与分离躯干的方式专业得近乎职业化,堪称肉店的杰作,由此推断出,凶手是一个屠夫,那么屠夫和肉食加工者则是首要的追踪对象。那具剩下的可怜躯体属于一位怀孕初期的年轻女子。在仔细排查了自那天以来城里失踪的所有女孩后,人们推测她是来自西西里岛的一名家庭用人,于是便从岛上传唤来她的家人,以确定死者的身份。人的头颅究竟由什么构成,头发和眼睛、脸颊、太阳穴以及嘴巴,是的,它们确实只能组成她的头颅,当两个贫苦的农民注视着那双脚和双手,不得不说出他们不愿承认的话时,这一切似乎就真相大白了:是的,她是我们的孩子。这位文静、黝黑甚至并不美丽的姑娘显然是利用休息日和她的追求者一起去划船游湖了。她根本没把这件事告诉她的雇主。在此之前,她从未有过恋爱经历,甚至没有结识过男性。无法确定的是,这对恋人在恐怖的旅行结束之前,是否曾在旅店店主安东尼奥那里投宿,因为不仅头颅不见了,衣服也不见了。当天下午,租船人把船租给了许多年轻情侣,并最终把船都带了回来。他不可能注意到其中一人是否在另一个人的陪伴下开船离开,又独自返回;第二个人可能在某个地方下了船,比如在安东尼奥的漂亮餐厅。有段时间的说法是,凶手是一名士兵,也有说是一名水手,但在兵营和船上的调查一无所获。总之,在警方多次调查却一无所获后,死者周围又渐渐恢复了平静,湖岸边和安东尼奥的餐厅也变得更加隐秘了,此前几周,侦探、记者和无数好奇者不知疲倦地探访这家餐厅。为了推测案件的真相,也为了感受那种恐怖,人们偶尔还会开船出去。但是,有谁想在夹竹桃丛中安然入梦或低声说着情话?有谁会对距离被诅咒的树根如此之近的烤鸡有胃口?又有谁会渴望游到湖里?湖里随时都可能浮出被杀害的女人的头颅,而现在她的头颅肯定已经被恶心地破坏,并被鱼吃掉了。然而,这种厌恶之情直到第二年春天才出现。深秋时节,白昼渐短,风渐寒,安东尼奥像去年一样关闭了餐厅,带着妻儿搬到了罗马郊区,住到和他关系不错的岳父岳母那里。整个冬天,他都在城里工作,在他服务的餐厅里,人们指着他窃窃私语:这就是从湖边来的旅店店主,或者:这是对被砍头的女人了如指掌的人。时不时有人试图打探他,但并不经常，随着冬天的到来，询问的次数越来越少，因为那时已有新的、同样无法解释的暴行在人群中引起波动。小欧亨尼奥无忧无虑地玩耍，安东尼奥的妻子丽塔似乎也很快忘记了那件可怕的事，这让爱妻和爱子如命的安东尼奥如释重负。复活节前，他已开始期待春天，期待餐厅重新开张，并早在四月就出门修缮了所有东西，检查一切是否正常。他的妻子和儿子也很快跟了过来。岳父岳母同样在外面度过了一个星期天，安东尼奥和把大部分积蓄都投入生意中的岳父巡视了他们的房产，考虑扩建和改良，主要是扩建上层，以便增加一些客房。已经有客人希望在这里过夜，甚至住上更长的时间；尤其是在炎热的那几个月，可以预见到肯定会有不错的收入。不久，他们开始锯木头，敲敲打打，运来木板和玻璃，安东尼奥以极大的热情参与其中，他感受到最后一丝残余的压抑和忧虑从他身上消失了。扩建工程完工后，玻璃工匠们在刚用水泥砌好的窗户上画上了奇特的蛇形标志。美丽的季节也来临了，五月骤然回温，百花盛放，每到周末，穿越坎帕尼亚的道路上就会出现长长的车队，像被迁徙的蚂蚁或甲虫遮住了似的。安东尼奥已经在厨房和地窖里准备好了食物，当地的女孩们也被聘用来帮助丽塔，而小欧亨尼奥一大早就开始忙着准备引导附近经过的车辆驶入扩建的、新铺了鹅卵石的停车场。然而，不仅仅在这个清晨，整个白天停车场都无人使用，铺着白色桌布的餐桌旁也空无一人。

在第一个美好的星期天，餐厅的上座率并不尽如人意，但这毕竟可以用多种方式来解释：夜晚凉意依旧，拉丁海滩炽热的阳光总比森林和山峦的阴凉地更令人心驰神往。然而，天气变得闷热起来，转眼间盛夏的酷热袭来，小欧亨尼奥仍旧拿着妈妈给他缝的小旗子站在停车场里，却是白费力气，花园里的餐桌依然空空如也，新装修的房间也无人使用。

八月，我去过一次那里。晚饭前，我和小欧亨尼奥一起玩，同时也在饭桌上注意到了他的妈妈，这个漂亮、丰满的女人并没有心灰意冷。她说，一切都只是那个被砍头的女人的错，在我们旁边桌子上搭纸牌屋的小欧亨尼奥唱着"la de-ca-pi-ta-ta"，像一首有趣的童谣。他弄翻了纸牌屋。丽塔接着说，这种情况不会持续太久，明年就不会有人再想起这件事了。这时，像是他们的信心立刻就得到了回报似的，有一辆外国大轿车悄无声息地滑行到房子前。多美啊！多好啊！来自外地的先生们和女士们赞叹着，他们搬来躺椅，穿上泳衣；这里就像什么都没有发生过一样。当然，安东尼奥来不及像以前那样购物了。匆忙宰杀的鸡很瘦，客人离开时，我听到他们对餐食的抱怨。那天还来了两辆摩托车，其中一辆载着一对恋人，一个士兵带着他的女友，他们手牵着手，胆怯地瞥了一眼黑暗的灌木丛，灌木丛之后是沿着湖边延伸的狭长小路。第二个骑摩托车的人也穿着制服，但他没有坐下来，也没有吃任何东西，而是径直走进屋子，等我付完饭钱才知道，他给安东尼奥带来了一张传票，一张出庭的传票。

当然，这张传票依然与犯罪有关。但这不过是一件小事，关于一些被遗忘的发现，当我绕着湖慢慢走向马利诺小镇时，我这样对自己说。湖泊在那个夜晚显得极其荒凉和悲伤，但我无能为力。悲伤似乎从水中升起，又仿佛从无穷无尽的深处升起，但并没有升得那么高远，因为清新的山风能够捕捉并驱散这悲伤。陡峭的湖岸上黑影绰绰，湖水随罕见的漩涡流动着，在晚霞的映照下色彩缤纷。和往年一样，没有一艘船在航行，只有从远处山脊上的白色梯田里传来的欢快的声音和曼陀铃音乐，宛若来自另一个更加幸福的世界。那天我去餐厅与朋友见面，却忘记跟旅店店主安东尼奥和他的家人们聚一聚。之后不久，我还回了趟家乡，直到冬天才回到罗马。就在我刚回来的这几天，在安东尼奥冬天工作的一家餐厅里，我得知这个小家庭并没有搬进城里，而是独自留在了湖边。

如果我说"独自"，肯定没人能理解。因为他们有三个人，彼此相依为命，或许还有一位年老的女佣，傍晚时分，她会四处转转并关上百叶窗。但对于南方人来说，这是一种痛苦的孤独。因为真正的生活包括祖父母、父母、叔叔婶婶、兄弟姐妹及其子女，包括广场和广场上男士们的对话、酒吧里的抽彩轮盘和政治争论。噪声也是其中的一部分：发动机噪声、人的声音，以及充满激情、欢乐和痛苦的面庞。安东尼奥和丽塔不得不忍受没有这些的一切，还要忍受今年异常寒冷、几乎没有尽头的冬天。好几次下大雪，积雪在较长时间里变得又硬又脏。为数不多的晴天刮着冰冷的寒风，其间一次又一次地出现极端的融雪天气。浓雾笼罩着内陆水域，尤其是在山脉边缘，丝毫不肯退却。骡马道被冰层覆盖，又被山间泥泞的洪水冲刷，无法通行。没过多久，安东尼奥家就与外界隔绝了，只有在购买必需物资时，他才会乘船渡湖，像从天国来的人一样，行色匆匆、脸色苍白地出现在商店里。马利诺小镇的人问他是否生病了,但他并没有,他们一家人也都不露面,尽管天气恶劣,他们也既没有回城里,也没有给罗马的亲戚和朋友写信诉苦。安东尼奥和丽塔忙于各种修补工作,忙于打柴和饲养牲畜,晚上他们还教小儿子读书写字。有一次,安东尼奥还给儿子买来了水彩笔,欧亨尼奥用它们随意画了几幅奇怪的涂鸦,所有的涂鸦对象都是美人鱼,只不过是没有身体的美人鱼,从脖子直接转到长满鳞片的鱼尾。安东尼奥看到这些图画并没有大惊小怪,他在这几周里对儿子和妻子表现出轻松、平和的态度。然而,一天晚上,他又像往常一样出了门,这一次他带着步枪,用愤怒的话语把想追随他出门的儿子打发回了屋里。那是积雪最后一次融化的时候,一个风雨交加的夜晚,壁炉里的火噼啪作响,湖水汩汩流动又嘶嘶作响,树枝犹如利剑一般相互碰撞。就是这样,安东尼奥的妻子才没有听见外面的枪声。过了许久,她才跑出去,呼喊着安东尼奥的名字并四处寻找,黑暗中一个踉跄摔倒在地。她摔上去的地方正是丈夫的尸体,抓住和抱住的是他冰冷的四肢,唇上沾着的是他的鲜血。

后来,有人将安东尼奥的自杀归咎于天气和孤独。还有人称，他和岳父一直争吵不休，或是因为岳父拒绝向他提供新的贷款，或是要求他归还之前的贷款。还有人说，安东尼奥一直被怀疑与这起犯罪案件有关——并非被法庭怀疑，而是被当地所有人怀疑。时间越久，真凶越没有找到，他就越把这些流言蜚语放在心上。当然，也有人说安东尼奥真的是凶手，他现在已在悔恨的煎熬中为自己的行为赎了罪。

但我完全不相信这些。我更加相信，在我们这个以科技为主导的地球上，在喧闹的人类聚居区中，仍有属于灵魂的地方。我认为，这些被误解、被漠视的灵魂必须有一个牺牲者——再有一个牺牲者，这样才好。只有这样，挂着三角旗的小船才能在平静的水面上航行；只有这样，恋人们才能在夹竹桃丛中亲吻彼此；只有这样，人类才能幸福。

修道士本达

很久以前,有一位爱尔兰修道士名叫本达。他已经有段时间没有住在修道院里了。他四处游历,依靠慷慨人士的捐助为生。无论他走到哪里,人们都很欢迎他,并欣然赠送他礼物。他有时坐在农舍和小酒馆里,有时也被邀请去城堡和宫殿与主人一起用餐,为他们的娱乐助兴。本达并不是一个悲观的人,也不是一只可怜虫,而是一个强大的人,有着宽大有力的双手和双足,所以他能够大步流星地长途跋涉。当他继续游历,身影消失在城门或森林的第一个拐角之后,从窗户里目送着他离开的女人们就会十分恼火,因为一个如此英俊的男人竟穿着一件及膝的女式衣裙。当他第二年回来时,有些女人挡住了他的去路,试图从圣母马利亚的手中将他夺走,但都没有成功。本达没有避开这些引诱者的目光,也没有害羞地低下头,而是直视她们的眼睛,于是她们立刻就被击垮了,因为在迎面而来的最纯洁的仁爱之光下,她们无法再为达成自己的目的而施展任何计谋了。就像对女人们来说一样,这位修道士对那些乐于为他装备武器并将他编入宗教远征军的男人而言，偶尔也会成为一个讨人喜欢的麻烦。来吧本达，他们愉快地说，并为他端上美酒和丰盛的食物。你将拥有一匹马，还会成为一群雇佣兵的首领。虽然你的口才并不出众，但你强壮有力，可以成为一名优秀的战士。之后，他们提出一起到海边或别国喝酒，以为已经说服了他，但最后本达还是喃喃自语道，他不能去，他没有时间；第二天早上他就消失了，他已经走了，既没有骑马也没穿白袍，而是像乞丐一样步行离开了。

这确实出人意料，更何况那些男人对于本达演说术的贬低言论完全恰当。本达的力量尽在他的目光，不在舌头，他有一副好嗓子，却无法表达自己的感受。读者可能会认为这是一个愚蠢的人，但事实恰恰相反。他是头脑里充满各种各样想法和比喻的一个人，只是在这一切从思想上孕育到口头上诞生的短暂过程中，他无法将它们有序组织起来。这种秩序是他主要的追求，他对有序话语的力量有一定的见解，他会在乡村公路上时不时地用他那吞吞吐吐的方式向某个修道士谈起他的看法，还补充说，这种秩序就是上帝的恩典。但他似乎并不单纯依靠这种恩典。有些人听到他边走边喃喃自语地练习，他给农夫送去了食物并勤快地帮忙后,可能就会坐在仓库里的一堆木头上练习,因此,人们逐渐认为他在准备特定长度和内容的布道,但事实并非如此,本达继续在全国各地流浪乞讨,继续自言自语地练习,他也受到了一些善意的嘲笑。你在说什么,本达兄弟?男人们说道,是要我们敲响钟声,清扫村子的绿地吗?还是要我们敲锣打鼓,在上帝面前给你这个粗笨的演讲者腾出空间呢?他们哈哈大笑,只有在偶然注意到本达开朗的脸上因他们的话语而蒙上深深的痛苦时,才会停下。

就这样,岁月流逝,在本达五十岁左右的时候——这在当时那个时代已经是相当大的年纪了,人们注意到,他懂得了如何更好地表达自己的想法,并且那些话从他的嘴里说出来也更加自如。但这一定花费了他很多的精力,又或许是因为人们不可能同时拥有经验和单纯的孩子般的目光,总之,到了这时,本达只是傻傻地瞪着眼睛,当女人们——不再是年轻的,而是年老的女人们,把面包递给他时,他经常走神,还会被每块石头绊倒。人们都说修道士本达要完了,但事实并非如此,只是随着时间的推移,他眼里的光彻底熄灭了,双腿也无法再支撑他。虽然他再也不能在全国到处流浪了,但庆幸的是,他在城外的一个农庄里找到了一个简陋的栖身之所。

如今本达已不再是一位体面的客人。他在自己的房间里不停地自言自语，甚至用拳头敲打桌子；但当有人来找他，想听听他正在苦苦钻研的上帝话语时，他就会立刻安静下来，说再等等吧，现在还不行，但很快就可以了，我现在还做不到。由于他的这种行为，再加上他现在年事已高，不再是个非常标致的人，他的人气迅速消退了。如何养活一个上帝的孩子呢？他提供不了任何的精神支撑，现在还拒绝帮忙做家务，最近甚至把他之前照顾的孩子们送走了——当初这些孩子的父母忙于工作，让孩子们像听话的牲口一样长大。他对孩子们说，去吧，下次再来，我现在没时间。他对那些来找他交谈的成年人也这样说，她们大多是女人，在她们看来，找他聊聊无非是想打发时间、找点乐子。女人们在家里讲述他是如何用恶毒的言语打发走她们的，以至于孩子们在听到熟悉的"没时间"这句话时，虽然感到沮丧，却并不会十分伤心，只是渐渐地失去了对本达的尊重。本达的外表更是让这雪上加霜。他的眼睛上覆盖着一层灰色的、丑陋的苔菌，没有人想过用绷带把它包起来，它看起来就像清澈的湖面蒙上了一层灰绿色的、油腻的藻类一样，令人厌恶。当他摸索着绕过屋角走向户外时，孩子们立刻在后面冲他喊道，糊眼鬼，绿眼怪；甚至还有人用挤奶凳和一桶水拦住他的去路。可能就是因为这样的障碍，这位谨慎而娴熟的盲道士有一天被绊倒了，从狭窄的楼梯上摔了下来。农妇不得不为他包扎并照顾他很长一段时间。这对她来说是个麻烦，她还有许多其他工作要做，所以为了他的安全着想，她决定禁止本达出门。正如她计划的那样，她把他锁在房间里，并把钥匙放在围裙口袋里。此时孩子们只能在窗前呼喊着"绿眼怪"和"斗鸡眼"，盲道士也愤怒地喃喃低语，邪恶地回应着这不洁的祷告。孩子们很快就厌倦了吟诵，当他们在思索更好的计划时，想起了父母告诉他们的一个故事，故事中的布道还从未被实施过，于是他们就根据这个故事制定了一个更好的计划。这个计划起初很简单，但随着他们的深思熟虑变得越来越周密，最终成了一个恶魔般的计划。

这些孩子的戏弄成了本达的不幸（却最终也成就了他的荣耀）。他们其实根本不是孩子，而是十四五岁的半成年人，三个男孩和一个女孩；他们也并非来自本达居住的农庄，而是附近的邻居。他们中没有一个称得上本性邪恶。他们只是成长于一个贫瘠而动荡的时代，没有人肯定他们的价值，也没有人让他们意识到自己的可能性。在家里，粗俗的玩笑是家常便饭，往往他们自己就是受害者，现在他们也想学着大人的样子，给自己找一个受害者。他们计划对本达做的事需要等到一个阴沉的大雾天，这样就没有人会在中途出于怜悯或教育的目的而阻止他们。所以等待吧，最年长的海因里希建议道，等待十一月的雨，等待十一月的傍晚。贝蒂提出异议：到了深秋，农妇不会那么忙碌，要想偷走本达房间的钥匙也会更难。但她的意见被驳回了，因为一个机会已经出现了。小卡斯帕，一个真正的天生的小丑，已经在粮仓后面那条通往矸石山且临近山崖的路上练习了：小心这里，本达，那儿有尖尖的栅栏，那儿有条沟。小心，您可别摔倒了。该如何假装采石场里有很多人在等着盲道士，这是个难题，但聪明的本诺——贝蒂的哥哥——说，他会及时想出办法的。机会终于来了，那是初秋时多雾潮湿的一天。在这样一个极其阴冷的日子里，他们不仅有机会偷到钥匙，而且还有机会与值得信任的农民夫妇的孩子们单独待在屋子里。农夫在树林里干活，农妇给他送饭，这时，她的围裙就被毫不在意地挂在厨房的钉子上，但这显然不是明智之举。孩子们冷静地、按部就班地执行着他们的计划,布置岗哨,仔细听着四面八方的动静,看有没有人靠近农庄。农夫与那条原本可能会发动攻击的狗都在树林里。一切都平静下来后,孩子们走上楼梯,来到本达的门前,这几天他更安静了。当他们从外面打开门,进入已经变得昏暗的房间里时,修道士本达正静静地坐在桌旁,神色庄严。我已经准备好了,他说。他们到了吗?他又问。这让孩子们很困惑,因为他们想给盲道士一个大惊喜。满脸麻子、身材魁梧的海因里希呆呆地望着他,而聪明的本诺已经镇定下来,说道:是的,尊者,他们在那里等着您,一百人,不,两百,三百,他们在采石场等着您,那里的岩石形成了天然的讲坛。尊者,本达惊讶地重复道,你们何时这样称呼我了?我们一直都这么叫您,小卡斯帕虚伪地说。您只是没有听到,因为您太专注于思考了。大家都这样称呼您,说您像圣人一样,贝蒂说着,差点笑出声来,于是她先走一步,刚下楼梯便收到了被派来放哨的孩子们做出的噤声手势。而此刻在楼上,本达站起了身,他想要沐浴一下并穿上他的道袍,尽管他突然不那么笨拙了,而且几乎是带着他年轻时优雅的敏捷,但仍然花费了很长时间。我只是很好奇,孩子们推开门时他说，他们是从哪里知道的，他把手搭在海因里希的肩膀上，男孩差点瘫倒在地，但并不是因为重压，而是因为他已经感到羞愧，他很清楚，现在必须结束这一切，因为本诺已经冲他咧嘴笑了，小卡斯帕也敞开小外套，模仿盲道士的样子，双手摸索着，头向后仰，跟在本达身后向楼梯走去。他们都知道，他回答说，他们已经敲响了钟声，您没听到吗？预示黄昏到来的三钟①声响起得正是时候。盲道士不知道时间，所以他可以平静地补充道，现在是四点钟。没人能想到，就在今天，我做到了，本达说，我自己也想不到。他用平静的声音说着，他的声音在钟声中听起来也如同钟声一般。你们快点，本诺说。他害怕农民夫妇回家，差点还在背后推了本达一把，但想了想，还是把手放在了他的胳膊下。就这样，他们走下陡峭的楼梯，穿过庭院，贝蒂也加入了小队伍，而激动地一蹦一跳着过来的哨兵们却被赶走了。当他们走出大门时，本达走在中间，仍然撑在海因里希的肩膀上，孩子们几乎都感到恐惧，天色已经如此昏暗，还突然刮起了风，林荫道上湿漉漉的黑色树叶拍

---

① 教堂于晨、午、晚鸣钟，提醒教友纪念耶稣降生救世的奥迹。

打在脸上。他们在泥泞的黏土地上滑倒了，就好像有人故意绊倒他们一样。也许他们现在更想放弃整件事，以某种借口绕点路把盲道士带回屋里。但他们出于对彼此的羞愧而变得更加厚颜无耻，喋喋不休地谈论着，说他们已经看到采石场外有很多人，声称还有一面旗帜和为主教撑起的华盖。尽管如此，他们的脚步还是越来越慢，现在只有修道士本达在快步向前走，走得笔直，仿若重见光明，拉着犹豫不决的孩子们一起走。他的脸上洋溢着狂野而兴奋的笑容，却又在此刻疑惑地聆听远方传来的声音，很快他又问出了那个可怕的问题：既然有这么多人，为什么听不到他们的说话声，也听不到他们的脚步声？所有人都跪在地上，怎么能听到脚步声呢？本诺厚脸皮地说道，他们把双手合十放在嘴前，又怎么能说话呢？您完成布道之后，将会听到他们欢欣鼓舞、赞美上帝、高呼"和撒那①"。他们之前的想法是，在本达说话的同时，他们就跳开，而现在本达听不见千言万语，什么也听不见，只有死一般的寂静，这样他就会意识到，他刚刚说话时，面前没有一个人，他被捉弄了。但现

---

① 表示欢乐和欢迎的呼喊声。

在孩子们还要向他掩饰这般寂静的原因。卡斯帕和贝蒂在后面停留了一会儿,窃窃私语,并把本诺也拉入了他们,然后孩子们便在灰色的田野上跳来跳去,伪装自己的声音,表演了一出喜剧,其中卡斯帕尤其擅长表演他那些富有创意的鬼点子。安静点,他来了,亲爱的主教,他用一个老妇人的声音低声说,然后装作一个三岁的孩子尖叫道:把我举起来,爸爸,我想坐在你的肩膀上,我什么也看不见。其他人一会儿在路的左边喃喃地祈祷,一会儿在路的右边恭敬地欢迎,其中还夹杂着他们自己原本的声音,假装担惊受怕地将闯入的人赶走。很难说本达是否落入了这个骗局,也有可能他只顾着布道,根本没听到这一切。他在海因里希身边越走越快,现在已经来到了采石场,那块形状奇特的破碎岩石就像一座讲坛,从雾气缭绕的天坑里露出来,灰蒙蒙的。现在要小心点,教士,海因里希坦诚地说道,他忘记了本达的下场可能会比被一块岩石绊倒还要糟糕。这是一段上坡路,石头又湿又滑,但本达仍像梦游者一样行动自如,毫不理会周围的打闹声,很快就到达了目的地。站在讲坛上,这个一向沉默寡言的人突然大声命令肃静,然后,他像一个被挂在十字架上的人一样,张开了双臂。

开始吧，小海因里希发出嘘声，他直到刚才都一直陪在本达身边，现在却想躲到岩石后面去，其他人正蹲在那里嗤笑。本达开始清嗓子，在夜幕降临的深沉寂静中，这声音听起来阴森而痛苦。接着，他放下颤抖的双臂，开始布道。

我并不打算在这里复述他布道的内容。任何地方都没有记录它，我既不想也没有能力根据有关它的说法编造什么，因为据说，在本达准备了这么久、改进了无数次的演讲稿中，没有一个词不合时宜，没有一个短语有失妥当，也没有哪个比喻比他用得更为精妙。当然，他的语言与其说是纯粹的结构好，不如说是有力、明快且严谨。他在游历中所经历的一切，以及他是如何经历的，都在他的布道中有所呈现，这不是一个故事，而是一种思想，又或许只是一种语言的音色，粗犷、甜美，似天雷滚滚，如焚风呼啸。他说着爱对人的救赎，但这也许根本没有必要说出来，因为爱已经体现在他的用词中，完美已经表现在他的造句上。但他并没有意识到这是骄傲或自大，他只是预感到，恩典时刻一定已经到来。他还想到了另一件事，那就是在这采石场的外面死去，被人抬起然后搬进教堂，再也不回到那令人窒息的房间。

孩子们都觉得布道很无聊,除了突然开始仔细听讲的小卡斯帕,这个故事得以流传下来也要归功于他。爱说笑打趣的人往往会变成稳重的人,可能这就是为什么卡斯帕老了以后仍记得,并且还能复述出布道内容。但正如刚才所说,卡斯帕并没有来找我们。我们只知道,其他孩子起初飞奔到一旁,对着讲坛上那个憔悴、黝黑、挥动着双臂的身影偷笑,但后来他们感受到了一种巨大的压迫感,最后惊慌地想到了所有计划和行动,想到了修道士本达念出"阿门"的那一刻,那时一切都将静默,没有祷告,没有欢呼,也没有歌唱。你对着石头布完道了,绿眼睛。他们嚷嚷着要回家去,想要大笑着冲回去,回到温暖的房间,房间的窗户现在已经被屋里点燃的蜡烛照亮了。他们现在还想嘲笑他,但早已没有了最初的喜悦,他们手牵着手,害怕起来。因为夜幕已然降临。

夜幕已然降临,本达用他那竭尽全力的声音结束了布道。他的声音忽高忽低,时而哀叹,时而威胁,最后变得温柔和缓。愿上帝保佑你们,本达说,然后他深深地叹了口气,又补充了一句"阿门",仿佛平静地舒了一大口气。

贝蒂在"阿门"响起之前就泣不成声。现在轮到我们了。

我们正在被撕碎。本诺说。

现在我们要被击下山崖了,海因里希预言道,击倒我们的根本不是那个修道士,而是我们触犯的他身上那更大更可怕的东西。

但突然间他们什么话都不说了,咬着手指,敲着脑袋,他们以为自己是在做梦或是丧失了理智。因为从那下面假装的人群中、从荒芜空旷的深处传来了难以名状的悦耳的声音,它们汇聚在一起变成了一首合唱,听起来愈发丰富、愈发欢快,本达似乎也听见了,因为当勇敢的卡斯帕用准备好的火把照向他的脸时,他谦卑地低下了头,微笑着闭上了眼睛。在此期间,那下面的歌声仍然继续着,直穿骨头、深入骨髓。没有人在那里歌唱,因为所有城里的市民和乡下的农民加在一起也唱不出那么有力、那么纯净的歌声。

后来,当孩子们像鼠从一样把昏厥的、奄奄一息的本达放在道袍上抬回家时,父母说,那是南风的声音。但孩子们一辈子都不相信,是南风给盲道士的一生努力做出了回报与答复。

永恒之光

有些街道，无论人们是否愿意倾听，它们都会在他们耳边呐喊自己的故事。每一扇门都诉说着故事，每一扇窗都诉说着故事，每一个迎面走来的人都诉说着故事。他们对此并不感到厌倦，甚至完全不想出去散步。现在是下午，快到傍晚了，云朵飘过山头，空气中弥漫着春天的气息。想要一顶隐身帽，一顶带有白色宽檐的修女帽，拜托，请别同我攀谈，不要把我当作长着耳朵的人类，请把我当成一只跳到圣奥诺弗里奥的喷泉边喝水的蛤蟆、一条讨人厌的小狗。我希望得到自己的平静——远离人类的一切苦难，独自一人，慢慢地爬上山顶，在多里亚别墅石松后面的贾尼科洛山上看日落。

但圣奥诺弗里奥的萨利塔大街并不是一条能让人平静的街道。无论我如何紧闭嘴巴，如何目不转睛地盯着修道院教堂前的黑色冬青栎，总有人找我攀谈；那是个女人，她现在抓住了我的手，试图阻止我继续往前走。

请跟我来，她说，拜托了，就一会儿。每个人只能上到楼梯上,绝对不能进去,前厅没地方,管家也会阻止。神父必须走出来,在楼梯上讲话。但我不想一个人待在那上面,您明白吗?

您为什么不想一个人待着?我问,每个人都是孤身一人,您从我这里能得到什么呢?我要去散步了,我是一只蛤蟆,是一条讨人厌的小狗。

但这个跟我说话的女人并不想知道这些。她不肯松开我的手,把我拉进了街道右边的最后一栋房子里,就快要到教堂了,我马上就快要逃脱了。我努力把我的手挣脱开,但这个女人很强壮,也很年轻,有着如美杜莎·隆达尼尼①一般的面容,但并不像您现在想象的那样,是一个恐怖的魔鬼,真正的美杜莎总是集美丽与可怕于一身的。

您在这上面想做什么?我问,那是个什么样的神父?如果您想忏悔,为什么不去教堂呢?

我不想忏悔,她说,我只想知道一些事。在这里,我们的罪孽得不到宽恕,但能得到真相。她领我踏上了大理石地砖,连楼梯的墙壁也是大理石做的。不过,大理石在罗马算不上稀奇,那地方还散发着一

---

① 指古希腊时代晚期的一座描摹蛇发女妖美杜莎头部的大理石雕像,因曾经存放于罗马的隆达尼尼宫而得名。

股猫骚味,令人作呕。

还要多久?我厉声问道。女人说,可能需要很长时间,几个小时,直到轮到我们。你说什么?我们?我什么都不想知道,我只想看看太阳,它已经快落山了,我想在多里亚别墅的石松后面看日落。但我早已意识到,她是对的,我们应该上到六楼去,但从四楼开始,其他人就或独自一人,或成群结队,或全家一起坐在那儿,闲谈着、叹息着,有时候还把耷拉的脸埋在头巾里,就像笼子里的鸽子似的,脸色苍白,沉默不语。美杜莎太太试图和我一起挤过坐在最下面的人,但她立刻像被嘶嘶作响的毒蛇咬住一样,说着抱歉并站定了。于是我们也在冰冷又肮脏的大理石上坐下,我很高兴,因为这里有一扇窗户,窗前有一棵柏树,我能看到它的树干,这让我想到了一个叫林奈的人,他曾经在窗外这样的地方研究过植物的整个自然生长过程,得出了生物生长的次序,确立了一种完全非自然的、伟大的秩序,而人们却不能对人类这样做。

就比如美杜莎太太,我不明白她在这里究竟想干什么,她在跟我说什么乱七八糟的漂亮话,我只知道她在说她的丈夫,那个男人既没有去世,也没有从战场上归家。

您瞧瞧，美杜莎太太说着，从口袋里掏出一张照片，把上面的粉末吹了下去，廉价的粉色粉末散发出浓郁的香气。照片上有一个英俊的年轻人，没有穿制服，而是穿着一套深色西服，高挑、清瘦，身材很好，但重要的并不是身材，而是他的脸。起初我真的不想看，美杜莎太太和我有什么关系，她的丈夫和我有什么关系，我为什么坐在这里，为什么伸手去拿别人的照片又把它举到阳光下——是的，时间已经过去了这么久，我必须转向窗户才能看清楚。但美杜莎太太已经把那张照片从我身边抢走了，她亲吻了一下照片，然后把它放回了口袋里。上帝竟能够创造出长着如此英俊面庞、有着如此男子气概的人，他不是橱窗里的假人，他有思想，有感情，有欲望，有快乐，有痛苦。所有这些铸造成一副可视的外貌：饱满的额头、清晰的鬓角、硬挺的鼻子、精致的下巴。他和美杜莎太太相配简直绰绰有余，我想，不，也不是绰绰有余，美杜莎太太也有过人之处，她有着尘世间爱的力量、黑色鬓发和丰满而性感的嘴唇。

这时她一跃而起，把我从台阶上拉了起来，因为有三个人正顺着楼梯往下走，楼梯顶上空出了位置，从那儿往上走几米就可以到顶楼。神父目睹了一切，美杜莎太太再次坐下来并把裙子拉过膝盖，说道，他知道我丈夫在哪儿，也知道他是否正和一个陌生女人躺在床上。因为神父是个能找到源头的卜者，当他把钟摆挂在一张照片或一封信的上方时，钟摆就会立刻开始来回摆动或旋转。神父在注视着钟摆的同时也看到了某些具体的事情，这不是魔鬼的戏法，而是神赐的天赋。神父还确切地知道他所看到的事情发生在哪里，是向北、向南、向东还是向西多少公里的地方，我们只需要看看家里的地图就能找到那个村庄或城镇。

你是不是无法理解我想要这样的一个男人回来？美杜莎太太突然大声喊道。然而我非常理解。我只想离开，当神父摆动钟摆、这个女人匆匆离去时，我并不想在场，我们已经知道她要做什么，会有人死去，至少会有一个人死去，会有可怕的纠缠，绝不会有幸事。因为美杜莎太太看起来并不愿意让别人劝她放弃这样的念头，我偶尔说一句话她都不听，我不知道她为什么要拉我一起去。越来越多的人来了，他们甚至坐到了下面的大街上，空气也很差。我们已经跟着人群向前挪动两三次了，我的脚紧挨着一个人的后背，穿着厚实针织衫的她在颤抖着啜泣，还有两个小女孩在她身旁，小手紧紧抓着红色的羊毛针织衫，叫着妈妈、妈妈。我想知道这些人都想知道些什么，可能是一些最好不要让他们知道的事情，也可能只是婚戒不见了，而神父能看见，它落在橱柜下面的缝隙里，在储物柜里的破杯子下面。我早已看不见那树干了，它其实也并不那么让人安心，它断裂、破碎、螺旋盘曲着向上延伸，好似生长是一种可怕的挣扎、一种孤单的痛苦。我抬起头，看见房子的大门正敞开着，神父走了出来，他又胖又矮，和一个面色苍白的年轻人说着话，在他身上画完十字后将写好的东西递到他手中。

美杜莎太太碰了碰我，欣喜若狂地抬起头，然后迅速数了数排在我们前面的人，一共有九或十个人。我们去了阿西西度蜜月，她说，星期天在教堂的殉教者墓穴里，所有人都回过头看我的丈夫，还有一个英国人给我们拍了照片。拥有这样一个英俊的男人真是幸运，我走在大街上，远远地就能看到他，那么英俊，那么骄傲，我满心雀跃，因为我知道他属于我。您看到他了吗？我惊讶地问。美杜莎太太回答道，我没有看到他，我正在寻找他，他就在某个地方，他没有死。我问她怎么会知道得这么确切,不是想残忍地揭开她的伤疤,而是想让她有点心理准备,因为现在又有三个人走下楼梯了,他们虔诚地双手合十,就像吃完圣餐回来一样,目光低垂。我知道,美杜莎太太说,她正在把玩挂在领口链子上的一枚金币,一个战友回来了,他以他已故母亲的安息向我发誓,但他不想再多说什么,我明白了,他背后有人了,有一个女人。有些士兵被困在某个地方,他们设法获得了新证件,然后结婚生子,还有一些女人,她们是真正的鬣狗,抓住男人不放,还要吃掉他们骨头上的肉。美杜莎太太还想再说一说这些鬣狗,但这时楼梯上有了动静,因为上面站着一位老妇人,她没有虔诚地双手合十,而是将瘦骨嶙峋又极其苍老的手举过头顶,喊道:"Che mondo assassino!"这句话可以翻译为:这是一个多么残酷的世界啊——或者更确切地说,这世界是怎样的一个凶手啊。此刻,我们眼前的世界就好似一个极其凶恶的人,把人们从街上抓走,装进麻袋,然后像要淹死一只猫那样把麻袋扔进大海。"Che mondo assassino!"老妇人叫喊着,以惊人的速度跑下楼梯,现在天已经黑了,在她经过的地方,等待的人们都跳了起来,发出歇斯底里的尖叫。还有一些人吓得什么都不想知道了，也不想再待下去了，于是我们面前突然一个人都没有了，只有一脸悲切、不知所措的神父站在门口。

美杜莎太太并没有打算去寻找远方或深处，去过与同类人交往的舒适的日常生活。她走上几级台阶，站在天梯的顶端，那里弥漫着晚餐的味道，满满的辣椒味。这时她从口袋里拿出一张带有号码的小纸牌，把它递给神父，然后行了一个屈膝礼。神父走了进去，走进了他的房间，然后又走了出来，对着空荡荡的楼梯喊道，今天就到这里吧，然后挥手示意我们进去，由于美杜莎太太拉着我的胳膊，于是我也一起进去了。但当我们刚走进狭窄的走廊时，神父就打开了另一扇门，把我单独推了进去。这是一家餐厅，有一张厚实的长桌和许多笔挺的黑色座椅，窗外尽是天空，燕子起起落落，离开臭气熏天的狭窄竖井后的空气真是清新。我什么都不知道，我也不属于她，我说。我试图解释这一切是怎么发生的，但神父已经关上了身后的门，餐厅里只剩下我们俩。神父根本不听我说话，我只好在餐桌旁坐下，他坐在我旁边，就像一顿隆重午餐的侍者一样，将菜单放在我面前。但是据我所知，这根本不是菜单，这张长长的白纸是美杜莎太太应该会收到的答复。所以他真的再婚了,抛弃了她吗?我问道。神父盯着这张长长的白纸,摇了摇头。来回奔波、眺望远方,以及看到的所有纠葛与罪孽一定都让人感到疲惫吧。这不可能是健康的,神父看起来也不健康,尽管他的眼睛像燕子一样,总是充满快乐,但现在并非如此。那儿,他指了指那张纸说,那上面写着我所看到的情况,应当由您来决定我是否可以告诉她。说完,他把纸推给我,我结结巴巴地说,我?为什么是我?接着,我把目光移到了这张纸上。当我读到要寻找的这位F.C.时,眼前浮现出一张小照片,他有着大天使般的脸庞与苗条健壮的身材。总之,要寻找的这位出生在拉齐奥大区杰纳扎诺的、自战争结束以来一直下落不明的F.C.,他还活着。他住在一个高墙环绕的庄园里,大概就在此处的南面,相距不超过一百五十公里。这座建筑既不是监狱,也不是疯人院或疗养院。它是一个远离尘世的藏身之所。一个远离尘世的藏身之所?这是什么意思?我问道,因为之后没有再写相关的内容。看着神父,我吓了一跳,因为他不看窗外,也不看我,哪儿也不看。难道您不知道吗?他说,除了一大堆铁、一束火焰加上铸铁用的磷、一张脸,就什么也没有剩下了，甚至还没有死亡给他留下的多。有人应该已经回家了，花环早已挂在门上：热烈欢迎你，勇敢的战士。也许发生了一些事情，也许有人用粉红色的泡沫橡胶制作了一个人造脸，但谁想去亲吻它呢？而且我们也无法再造出手来，因为他的手已经不在了。神父说这些话时声音很轻，听起来却像是在呐喊，他又说，没有人愿意以这样的面貌回家，因为我们可以接受一切，唯独无法接受我们爱的人变成这样。他接着补充道，残缺不全的人有四五个这样的藏身之处，美杜莎太太的丈夫在其中一处，如果你愿意，你可以去找他。如果我愿意的话。正当我思考时，门突然打开了，美杜莎太太可能什么也没有听到，但现在她站在房间的中间，她的拳头落在神父的长袍上，那儿大概正好是他心脏的位置。我不想，她尖叫道，我不想待在外面，这是我丈夫，不是她的丈夫。您告诉我真相吧，告诉我他死了。神父后退了一步，注视着美杜莎太太，仿佛他之前从未见过她一样，也许他真的从未见过她，只看过她在昏暗的楼梯间阴影中接过信的影子。但现在神父看到了她，傍晚红色的广阔天空映照在她的脸上，一切都变得非常清晰，美丽又结实的脸庞、闪闪发光的眼睛与贪婪又丰满的嘴。他死了，神父说，他的头垂到了胸前。请您以圣母马利亚之名起誓，美杜莎太太要求道，但神父没有这样做。他只是跪在餐柜与桌子之间，开始诵念起逝者的祈祷词。美杜莎太太发出一声悠长而低沉的哀号，扑倒在了桌子上。主啊，请赐予他们永恒的安息，神父喃喃低语，愿永恒之光照耀他们。我的眼前出现了许多蒙面人在匍匐前行，他们爬过一个长满自然盘绕的和断裂的柏树的花园，对彼此做出奇怪的手势，又互相鞠躬，天空中的燕子在他们的头顶掠过。

我悄悄地靠近大门，走下楼梯，这里没有人了。我走出去的时候，暮色已徐徐爬上了陡峭的小路。我不再上坡，因为太阳早已落山。我在房子前站了好一会儿，直到美杜莎太太从楼梯上下来，但她现在已经不认识我了。她径直走去了教堂，流着泪，脸庞却如同少女般静谧和安详。

奇 迹

之所以与唐·克雷森佐打交道有困难,是因为他是个听力障碍者,什么都听不见,却又不屑于读唇语。尽管如此,我们也不能只是在便签上写点什么,就开始同他交谈。我们必须像对待我们中的一分子一样对待他,就好像他仍属于我们这个喧闹又喋喋不休的世界。

当我问唐·克雷森佐圣诞节过得怎么样时,他正坐在酒店门口的一把小藤椅上。那时是六点钟,中午络绎不绝的客流早已散去。周围一片寂静,我在另一把小藤椅上坐了下来,它上方还挂着一张有航线宣传图的晴雨表,图上蔚蓝色大海中漂泊着一艘白色小船。我重复了一遍我的问题,唐·克雷森佐把手举到耳边,抱歉地摇了摇头,接着就从口袋里掏出一张便签和一支铅笔,我写下了"圣诞节"这个词,满怀期待地望着他。

接下来我要开始讲述我的圣诞故事了,但实际上是唐·克雷森佐的故事。不过,在此之前我还要介绍一下这个唐·克雷森佐。我的读者需要知道,他曾经是多么贫穷，而现在又是多么富有，他是上百名雇员的雇主，也是大片葡萄园、柠檬园和七座房子的主人。你可以想象出，他有着一张随着耳聋和年岁增长而变得柔和起来的面庞，就好像多数人的面容是在喋喋不休的争论中形成了轮廓。你可以看到，他是那样专注、忧伤而又异常孤单地在酒店的客人中来回游荡。此外你还要了解到，他非常喜欢分享自己的生活，但不是大声叫嚷，只是轻声诉说。

我经常听他讲故事，当然，我对这个圣诞故事也早已耳熟能详。我知道故事始于那个山体滑坡的夜晚，是的，山体滑坡了，他们一边喊，一边把年幼的唐·克雷森佐从床上拖起来，带他沿着狭窄的岩石小路跑走了。那时他才七岁。每当唐·克雷森佐跟我说起这件事时，他都会把手举起放到耳边，以示是那一夜导致了现在所受的苦难。

那时我才七岁，还发着烧，唐·克雷森佐一边说着，一边把手放到了耳边。我们都还穿着睡衣，大山把我们的房子也冲进了海里，除身上的衣物外，我们一无所剩。亲戚收留了我们，后来其他亲戚又送给了我们一块地，阿尔伯格酒店现在就坐落在那里。在那年冬天来临之前，我的父母在那里建了一座房子。父亲负责砌墙，母亲则帮他把砖头一袋一袋地扛下山坡。她身材矮小瘦弱，每当她以为附近没人时，就会在台阶上坐上片刻，叹着气泪流满面。临近年底，房子竣工了，我们睡在地板上，裹着毯子，但冷得厉害。

随后圣诞来临，我说着，指了指最上面那张便签上的"圣诞节"。

是的，唐·克雷森佐说，随后圣诞来临。那天是我一生中最难过的一天。我父亲是个医生，但他从未收过诊金。他去给人治病，当别人问他需要多少钱时，他就说要先买药，然后买肉做汤，这样他才会告诉他们是多少钱。但他从未告诉过他们。他非常了解这里的人，知道他们没有钱。他只是不忍心逼迫他们，即使是在我们失去一切、把最后的积蓄都用来建房子的时候，他也从未张过口。但他也曾尝试过一次，就在圣诞节前，我们烧完了炉灶里最后一根柴的那一天。那天晚上，母亲带回家一沓白色的便签，放在了父亲面前，然后给他念了一串名字，父亲把这些名字写在便签上，每写一个还会再加上几个数字。然而，父亲写完后，就站起身来把便签全都扔进了将要熄灭的火堆里。火苗闪烁着美丽的光芒，我为此感到欣喜，母亲却吓了一跳，她悲伤而又愤怒地看着父亲。

因此，十二月二十四日那天，我们既没有柴火，也没有食物，甚至不能穿着足够体面的衣服去教堂。我想我的父母并没有考虑太多。成年人遇到这样的事情，还是会相信日子会好起来，会有吃饱喝足并感谢上帝的那一天，就像他们多年来经常做的那样。但对孩子来说，情况就完全不同了。孩子坐在那里等待奇迹的出现，如果奇迹没有出现，那么一切就都结束了……

在说这些话的时候，唐·克雷森佐俯身望向街道，似乎那里有什么东西吸引了他的注意。但实际上他只是在试图掩饰自己的眼泪。他努力不让我觉察到，失望的毒药时至今日仍渗透着他身体的每一个细胞。

我们的圣诞节，过了一会儿，他继续说道，准是与您家里过得大不相同。这是一场十分喧闹而欢乐的庆典。铜管乐声中，玻璃神龛里的圣婴耶稣被抬着游行。鞭炮声一连几个小时在山崖里发出阵阵回响，听起来如同一场激烈的大战。烟花升上天空，展开后似巨大的棕榈树，然后又如星雨般落回山谷。孩子们欢呼雀跃，冬日里黑浪澎湃的大海也大声咆哮着，好似喜极而泣，又好似欢歌笑语。这就是我们的圣诞节，整整一天都在准备中度过。男孩们预备好小鞭炮，女孩们则编织花环、清洗挂在圣母像周围的镀银鱼。家家户户都在烤肉、烘焙、搅拌糖浆。

从我记事以来，我们家便一直如此。但在山体滑坡后的那个平安夜，我们家尤为安静。家里没有生火，所以只要有可能，我就会待在外面，因为屋外还是比屋里暖和一些。我坐在台阶上，抬头望着街道，街上人来人往，点着微弱油灯的马车时隐时现。路上有许多人，有带着家人去教堂的农民，也有卖鸡蛋、活鸡和酒的商人。我坐在那里，可以听到鸡的咯咯声和孩子们叽叽喳喳的欢笑声，他们在讨论今晚要做的事情。我注视着每一辆马车，直到它消失在黑暗的隧道洞口，我才又转过头去，寻找新的一辆；当街上安静下来时，我想庆典一定已经开始了，现在我应该会听到一些爆竹的噼啪声和兴奋欢愉的叫喊声。但我什么也没有听到，除了海水拍打着岩石的声音、母亲的祷告和让我加入连祷的催促。最终我还是加入了他们，但也只是机械地、带着执拗的情绪照做。我很饿，想吃东西，想吃肉，想吃糖果，想喝酒。但我最想要的还是我的庆典，我那美好的庆典……

突然间，一切都不可思议地改变了。街上的脚步声消失了，车辆也停了下来。在灯光的照耀下，我们看到一个鼓鼓囊囊的麻袋被扔进了我们的花园，街边也放着装得满满当当的篮子。一堆木柴从台阶上滑下，我小心翼翼地摸索着走上台阶，在矮墙上、盘子里和碗里又发现了鸡蛋、鸡和鱼。过了好一会儿，那个神秘的声音才停下来，我们这才发现我们一下子变得多么富有。母亲走进厨房，生起了火，我站在外面，贪婪地嗅着混合了热油、洋葱、鸡肉末和迷迭香的香气。

那一刻，我并没有意识到，而我父母大概早已猜到，是我父亲的病人们，那些之前欠了债的人商定用这种方式给他惊喜。在我看来，这一切都是从天而降的，无论是鸡蛋、肉、烛光、炉火，还是那件我从一包衣服中翻找出来并立刻穿上的好看的外套。去吧，母亲说。于是我沿着街道跑下去，穿过又长又暗的隧道，尽头的灯光闪烁着五彩斑斓的光芒。当我来到城里时，远远地就看到了那红色和金色的华盖，只有当主教被抬上陡峭的阶梯时它才会被支起。我听到了敲锣打鼓和高呼万岁的声音，于是也一同竭尽全力地呼喊。这时，敞开式塔楼上的大钟开始摆动，发出隆隆的鸣响。

唐·克雷森佐不再言语，他自得其乐地微笑着。现在他一定又通过内心的听觉听到了那些对他来说沉默已久的、激烈而狂野的声音，这些声音对孤独中的他比对其他任何人来说都重要得多：人类之爱、上帝之爱、黑夜中生命的重生。

我注视着他，然后拿起了便签本。您应该写下您的回忆，唐·克雷森佐先生——是的，唐·克雷森佐说，我应该写下来的。有那么一瞬间，他挺直了腰板，我们可以看出，他对自己人生故事的评价丝毫不亚于《旧约全书》或《奥德赛》中所写的故事。但随后他摇了摇头。但要做的事情太多了，他说。

突然间我明白了所有改建的、新建的建筑、酒吧、车库和通往浴场的电梯对他而言意味着什么。他想保护他的孩子们免受饥饿之苦，不再度过悲伤的平安夜，也不再拥有关于一位母亲扛着一袋袋砖石坐下来哭泣的记忆。

波普与明格尔

直到现在他们都还一直在问我，不久前，也就是万灵节的前一天，是怎么一回事，为什么我会做出那样的事来。他们说，我并非第一次独自在公寓里待上几个小时，我肯定早就习惯了。尽管那天是个阴天，却不是特别阴冷，我还找到了一些吃的，有炸土豆，甚至还有一截香肠。每当我母亲提到那不幸的一天时，她总会说起那截香肠，她总是不厌其烦地强调那是多么好的香肠，她说，牛肝肠四分之一磅就要一马克五十芬尼，厨房餐柜上的袋子里还装着两个苹果、一根香蕉和几块香辛料小圆饼，这些我都可以吃，没有人会因此责备我。此外，他们也无法理解，如果我是如此害怕一个人待着，为什么不干脆离开公寓；我可以去院子里，也可以去找一楼的孩子们，甚至还可以去电影院看电影，街角的阿尔罕布拉影院正在上映一部适合青少年观看的电影，我有足够的零花钱，他们对此也没有任何异议。

没错，在父母下班回家之前，这些我都可以做，我也可以上床睡觉。那天下午我很累，我清楚地记得自己在楼梯上打了好几个哈欠,还用手连连拍打嘴巴,发出了一连串的怪声。这个季节的楼梯间一如既往地十分昏暗,只有彩色玻璃窗上的美人鱼还闪着微光——尽管现在没有这样的玻璃了,但我们家是老房子。这里也非常安静,没有人上下楼,只有三楼右侧门后的狗在咕噜着。你这该死的狗,我小声地说,你这讨人厌的狗,因为我知道这话最令它恼火,接着我又大喊"汪汪汪",然后就快步跑上楼去,因为它是一只极其丑陋的、能站起来按下门把手的大狗。但那天它既没有跳起来,也没有叫,甚至还立刻停止了咕噜声。我知道,这并不是我想看到的。于是我又打了个哈欠,走得慢了些,还解开了夹克的扣子,取下了早晨母亲用晾衣绳串着挂在我脖子上的家门钥匙,其实我也可以把它放进裤兜里。当我打开门锁走进门厅时,我闻到了一股难闻的气味,心想可能又是有人没来得及收拾床铺就走了吧。不出所料,早餐的餐具还在桌上,连黄油和面包都还在。于是我先把黄油放进了冰箱,然后才走进卧室,整理了一下床单,并把棉被放在上面,因为我知道,父亲每次回家看到家里乱七八糟的样子都会很恼火。他们也因此发生过几次争吵,烦躁无比的父亲大喊大叫,而母亲只是笑了笑说，我也可以待在家里，这样你将会看到被我扔掉音乐柜和冰箱后的家是什么样子的，是谁非要那辆车，我还是你？但随后她又会变得十分和蔼，抚摸着父亲和我说，车一到，我们仨就一起去森林里野餐，玩"换一换"①的游戏，还可以踢足球。但这从未实现，因为当他们终于有车的时候，他们总是带着朋友，带着那些一步也不想走的大人出去，更何况森林小道也不允许汽车通行。但我并没有因此太过悲伤，因为我在车里经常感到不舒服。我只是总希望母亲能再生一次病，就像那次，她的脚受了很严重的伤，我给她做山金车敷药，还把咖啡端到她床前。我常常会想，我怎样才能让她真正得一次胃病。但她的胃从未有过不适，脸色也一直红润。她时常说去办公室很有趣，因为周围都是人，她觉得整天待在家里太无聊了。晚上她也完全不会很疲惫，随时都可以和我父亲一起去看电影。只有集体游戏她不喜欢，还有阅读，她说阅读会让她筋疲力尽，因为她成天面对的都是印刷品和书面材料，我应该自己看书，我现在已经是个大孩子

---

① "换一换"是一种游戏，孩子们站在圈圈里，剩下一个孩子喊"树儿，树儿，换一换"后，所有孩子必须迅速换到另一个圈圈里，没有找到圈圈的孩子成为下一轮的喊话者。

了。我已经长大了，当然可以自己看书，而且我总是有许多功课要做，除了那个两位老师都没来的下午，他们不在，我才免受了功课的折磨。但我不得不去铺床，在铺完床后，我本应该把饭菜热一下，我当时一定也很饿，否则不会打那么多哈欠。但我突然失去了胃口，在往嘴里塞了几个凉土豆后，就想立刻开始玩游戏了。

后来，所有大人都想知道我最喜欢玩的是什么，如果我说我最喜欢玩的是消防梯或者是里面挂着迷你圣诞蜡烛花环的玩偶屋，简而言之，只要是任何与火或光有关的东西，他们就会很高兴。但是我说的是，我最喜欢玩我的小汽车。车库就在柜子下面，门卫是一个穿着棕色制服的小士兵，我曾经在一个废墟坑里找到了他，每当我父亲看到他时都会说，把那个该死的党卫队冲锋队员扔掉。但我还是留下了他，因为他大有用处，况且我也根本不知道"该死的党卫队冲锋队员"究竟是什么。

当然，那天下午我并不想玩我的小汽车，我想和我的家人一起玩，但我的父母对我的家人一无所知，他们也不需要了解关于我家人的任何事情，老师也不需要，当然医生也不需要，我的父母在我面前称呼他为医生叔叔，尽管在此之前他们从未见过他，面对他时也总是非常尴尬。好吧，你一直在玩你的小汽车，所谓的医生叔叔说着，脸上露出了一副奇怪的表情。我点了点头，厚脸皮地注视着他，想着他会对我的家人说什么，我的父亲是一个叫波普的旧足球，我的母亲是一个叫明格尔的无腿古怪木偶，除了我之外，他们还有两个孩子，一个是一枚旧棋子，另一个则是一个干瘪的气球。

我把全家人都藏在玩具柜的一个盒子里，放学回到家，我便将他们取出来放到原位，然后我再回到走廊，假装我刚刚到家，这样，我一走进房间，全家人就会爆发出欢快的笑声。我们的小儿子也来了，波普说，他躺在沙发椅上，可爱的小脸圆圆的，明格尔说，来我这里吧，我的小宝贝，接着她伸出双臂，这时锯末也从双臂间涌出。今天在草原上怎么样？我的弟弟哈利问我，他是一枚象牙制成的象棋"马"。我说，很好，然后开始讲述我用套索套住了多少野马，我讲得十分生动有趣，就连我的妹妹卢齐娅，也就是那个气球，也激动得摇晃起来。但现在你得吃点儿上好的熊腿肉，明格尔说，她没有腿，所以我必须把她抱到灶台边，到那儿后，她立刻就开始在锅里搅拌。

在此期间，我带着弟弟一起来到了阳台上，给他看飞越房屋上空的登月火箭，我们还打赌，看它今天最终是能够抵达目的地，还是又提前熄火了。然后我们把自己的名字写在小纸条上，这意味着我们自愿报名搭乘下一艘火箭飞往月球。我们把纸条藏在花盆下面，因为波普与明格尔总是很担心我们，他们不会允许我们这样做。他们整天都坐在家里等着我们，当我们从阳台走进来时，他们马上就会问外面是不是起雾了，我们有没有着凉。一点也没有着凉，我们用十分沙哑的声音回答道，我们在桌边坐下，我开玩笑地说妹妹越来越瘦了，脸色也很差。让她静一静吧，波普说。我们想了想现在要做什么，然后我从柜子里拿出了赛马游戏。

在这场赛马比赛中，明格尔总是想要白马，但她掷骰子的运气并不好，所以我有时不得不出老千，以便让她赢一次。波普则不在意输赢，他始终是圆滚滚的，心情很好，游戏一结束，他就在沙发椅上滚来滚去，然后说，明格尔，要是我们没有孩子就好了。然后明格尔就会开始呜咽，因为她太多愁善感了，卢齐娅便去安慰她，跟她讲讲做圣诞饼干的事。

我每天放学回家都是这样，所以你会明白，我为什么不想去院子里，为什么不想去找一楼的孩子们，他们太调皮捣蛋了，一直争吵不休，对所有东西都骂骂咧咧。当然，我也不想去找那群总是对着我的窗户吹口哨还做出嘲讽表情的男孩，他们这样做只因我没有加入他们的帮派，因而他们觉得我太文雅也太怯懦了。但其实我一点也不怯懦，只是目前还没有兴趣而已。时间于我而言总是过得很快，哪怕在我玩得最开心的时候，只要听到了母亲或父亲打开家门的声音，也只能匆忙收拾好我的家人，翻开课本。但在万灵节前一天的下午，我不需要翻开课本，也不需要匆忙把家人藏起来，因为他们早就出门了，家里一个人也没有。

当我一开始蹲在玩具柜前想把盒子拿出来时，并没能立刻找到它，我想它或许被放在了下面的隔层里，也可能放在了衣柜里或者其他什么地方，我上次一定是太着急了，完全没有记住盒子放在了哪里。于是一场大搜索开始了，我在柜子里翻找，在柜子下面翻找，最后还在柜子顶上翻找，哪怕我够不着那里，只能穿着脏鞋子站在精美的丝绒椅上，事后母亲可气坏了。最后我又回到玩具柜前，突然间我看见了那个纸箱，但它放在一个与往常全然不同的地方，我打开一看，里面放着的竟然是陈旧的多米诺骨牌。我的脑海里浮现出一个可怕的猜想，我跑进厨房，打开了垃圾桶，垃圾桶是全新的，我只需踩下踏板，桶盖就会弹起来。然而垃圾桶里除了一些土豆皮和许多皱巴巴的纸巾外，什么也没有，我把它们拿出来扔到了煤气灶上，但后来有人问我为什么要这样做时，我什么也没有说。那天下午，我一直在翻找；如果这些东西不在垃圾桶里，那么它们肯定还在某个地方，也就是说，我要拉开剩下的所有抽屉，翻遍所有的隔层，还有衣橱和餐柜，但我越来越心烦意乱，比为了一个旧足球、一个破木偶、一枚棋子和一个干瘪的气球而心烦意乱还要更甚。是的，我觉得我一定是疯了才会这样做，有那么一瞬间，我甚至想给其他几件物品取名为波普、明格尔、哈利和卢齐娅，这样就在某种意义上组建了一个新的家庭。但我立刻意识到，我不会再这样做了，大概是因为这对我而言早就太幼稚了。当我最终停止翻找，站在厨房窗边时，我知道，从此以后我将永远像现在一样孤独了；我没有来得及打开灯，所以公寓里漆黑一片，荒凉寂静得可怕。我已经预感到，我无法接受这一事实，我会再次离家出走，去街角的电影院，我有足够的零花钱，如果他们来邀请我加入帮派，恐怕我现在也不会拒绝，尽管帮派里的男孩们尽做傻事，但除了刺破汽车轮胎、砸碎商店橱窗之外，他们也想不到其他的事情了。但也许，随着时间的推移，我会对此产生兴趣，不过无论怎样，我都会不再孤单。

我就站在窗前的煤气灶旁把这一切思索了一番，突然想到，我可以点燃煤气灶，把四个火苗都点着，不是为了加热饭菜，只是觉得好玩。于是我把四个盖子都取下来，把煤气旋钮开得大大的，火点着了，火焰高高地舞动着，明亮又温暖，我很高兴，心想也许我可以和火焰说话。然而不幸的是，炉灶上还有许多垃圾桶里的纸巾，于是着火了，窗帘也被点燃了，总之突然间火焰直往上蹿，我吓得尖叫起来。就在这时，我的父亲打开了房门，这还真是万幸，但随后接踵而来的，便是老师和医生的刨根问底，就好像我不太正常、在对父母撒气似的。但我的母亲根本不知道她那时扔掉或送人的是什么东西。我对我的父母没有任何意见，他们就是这样的人，我很爱他们，只是有些事情你不能告诉他们，你只能把它们写下来，等到独自在家时再撕掉。天色已晚，帮派里的男孩们正在楼下吹口哨，等一下，我把窗户打开喊道，我来了，然后我走下楼,双手自信地插在裤兜里,路过从前很喜欢的美人鱼,只不过现在的我突然意识到,我已不再是个孩子。

在奇尔切奥[1]

星期五

就在这里,在这棵无花果树下,人们可以重获新生。每个人对新生都有自己的诠释,于我而言,新生意味着爱和写作,当然,并非是字面意义上的写作,那种写作是一种折磨,我所说的写作是通过用心地看、仔细地听,来达到再现的目的。就在这里,在这棵无花果树下,在某一天,那天早餐我们喝了深烘浓缩黑咖啡,搭配含有少量鸡蛋的无黄油面包,菲利斯把他的三轮车停在树篱后面并高喊道,今天一切都好吗?[2] 当他施展这一高超的售卖技巧时,他当然希望我们热情地回答说不,随即便冲出去买回满满一筐的西红柿、豆子和绿色的硬桃子。当满是脏污的三轮车驶过,卷起大片的尘土时,当人们总是忘记把桶拎出来,不得不在尘土飞扬中追着三轮车奔跑时,菲利斯就会把车停下,满脸笑意地转身走回来。每天早上,魅力四射的毛罗都会驶过街角,把他的韦士柏牌摩托车停放在

---

[1] 意大利中西部的一个葡萄酒产区。
[2] 原文为意大利语。

树荫下波佐的身旁,他有时会友好地打招呼,有时却又戾气十足,人们可以从他的脸上读出前一天晚上舞池里发生了什么,康斯坦丝是热情招待了他,还是对他熟视无睹;她是否和那位工程师一起开车离开,是去了山腰上那家美丽而幽静的酒店,还是月光下的朱庇特神庙,毛罗知道在那里会发生什么。昨天晚上,康斯坦丝和安娜玛丽亚真的去了那里,但在关键时刻,康斯坦丝用她那有着独特音域、嗲声嗲气的嗓音问道,为什么月亮如此美丽[①]?这儿既看不到星星也看不到渔船,她打着寒战,真的太冷了。然后他们驱车回家,途中两次瞧见一只黑猫蹲坐在路上,每次看到黑猫时,那些工程师,那些成年男人,就会停下来,把车倒回去,开回到上一个十字路口,然后沿着颠簸的路继续前行。他们每次都绕过黑猫。当女孩们想懒洋洋地躺着,不想以练习长笛和抄写词汇开启一日的光阴时,她们就会躺在吊床和躺椅上谈论这件事,她们的声音如海浪一般,涨涨落落,想要把我推入生活的漩涡。长夜漫漫,睡意消散,我一直游走在噼啪作响的草垫上,沿着沙滩,沿着沙石又湿又硬的海浪边

---

① 原文为意大利语。

缘，穿过芦苇荡，走过洞穴入口，不停歇地寻找一具躯体，寻找你那年轻修长的躯体。大海应该把它冲上岸的，死亡应该把它冲上岸的，大海不就是死亡的代名词吗？我想拥抱你的躯体并将你唤醒，哪怕只是拥入怀中，我亦无憾，因为我最不想让你在泥土中腐烂，变成一具白骨，那时我便也无能为力了。你没有睡好吗？安娜玛丽亚问康斯坦丝，她回答说，这一切都是月亮的错，海边的月亮很是危险。然后她就跳了起来，责骂那只名为坎迪达的肮脏白母鸡，它每天早上都从我们身边走过，走进餐厅，在那里留下一些又湿又黑的东西。安娜玛丽亚叹了口气，把碗筷放好，康斯坦丝也走进了卧室，不一会儿，笛声便从屋内传来，单调、压抑又难以入耳，她肯定是在练习吧。

星期六

星期六的一天用双眼开启。这是一双什么也看不见的眼睛，目光所及之处只余一片灰色，颜色和形状都无法辨别。这也是一双什么都不想看到的眼睛，因为它早已残破不堪，虽然每一次观看和感知都意味着生命的延续，但每一次延续也都意味着对生命的背叛。人们不想让我回忆起那泪流满面的童话故事，也不想让我记起那个死去的孩子，那个当他母亲的眼窝盛满泪水时假装痛苦的孩子；童话故事只不过是那些贪生怕死之人的杜撰，是那些受够了眼泪之人的捏造，是那些不愿想象死者是多么孤独、多么害怕之人的臆想。但是，一想到这些，人们的视网膜上就会爬满黑色的苔藓，遮挡住全部视线，就会双耳失聪，听不到任何生命的轰鸣。这轰鸣不一定是美妙的音乐，也可能只是干枯的菜蓟田上的驴叫或夜里的犬吠。尽管如此，自某一天起，眼前恢复了明亮，圣费利切-奇尔切奥的喀耳刻[1]雕像重现眼底，有着岩石头颅的她躺在那里，向后仰着，望着无情的太阳。喀耳刻，南方天空下的巨大剪影，像尼俄柏[2]一般僵化成了石头，和所有绝望的人一样，喀耳刻即便用尽所有的魔法也未抓住奥德修斯[3]，无法磨灭他对伊萨卡岛[4]的思

---

[1] 古希腊神话中的巫术女神、魔女之神，隐居在埃埃亚岛上的著名女巫。
[2] 古希腊神话女性人物之一。在希腊神话中，她失去自己的儿女后，因悲伤过度而变成了石头人。
[3] 古希腊神话中的英雄，在希腊史诗《奥德赛》的记述中，奥德修斯在特洛伊战争中取胜后的返航途中遇到了许多艰难险阻，其中就包括神女喀耳刻把他的同伴用巫术变成猪，想要把他留在海岛上的情节。
[4] 奥德修斯的故乡。

乡之情，无法打消他的求死之志。喀耳刻的头颅映入我当时的双眸中，那头颅就毫无遮蔽地放在那里，在托雷保拉的栓皮栎树林中显得那样可怕又那样美丽。但相较于罗马绅士在晚上来访，这件事就轻若鸿毛了。那些快乐的绅士毫不犹豫地把传说发生的地点改成了黑海，喀耳刻、奥德修斯和变了形的伙伴们也都成了赫勒斯滂①的人物。我的眼睛突然睁开了，视网膜上不再有黑色的苔藓，背叛的念头也已消失，只是泪水充盈着眼眶，让眼前波涛汹涌的大海也呈现出珍珠贝母般的光泽。

星期日

毫无疑问，无论是情愿还是不情愿，我都走在回去的路上（从哪里回去？从僵硬中，从昏迷中，从石头中回去），走在一条类似阿文湖和库迈之间地下通道的小路上，光亮时不时地透过拱顶上奇形怪状的孔洞照入黑暗，有光亮就意味着风景的出现，月桂树、肉苁蓉和硕果累累的橘子树，对于我这个北方人来说，这才是真正的生活和天堂风光，我就走在这条位

---

① 达达尼尔海峡的古称。

于冥湖和西比尔洞穴之间的道路上，无论如何都要回去。这是回归现实的道路，只不过在现实中，我们居住的地方既没有月桂树，也没有岩玫瑰，更没有硕果满枝的橘子树。因为我们住在平原上，山脉在平原上陡然拔地而起，就像被活埋的人突然伸出拳头一样，此处涉及我们的邻居某天夜里（当然是在满月时）发现的事情，这个故事我以后再讲。我看到了一只拳头，一只手，一把扇子。在山坡上，面朝大海，我看到了南方岛屿的植物群，既有自然生长的灌木丛和橄榄树林，又有人工栽种的玫瑰、天竺葵和九重葛，还有峡谷中的冬青橡树和岩壁树荫下的橘子树和葡萄藤。但是，正如我所说，除了拳头和扇子之外，什么也没有，既没有克林索尔的魔法花园，也没有平坦的土地、灰白色的小路、布满盐与灰尘的草药园、菜蓟和玉米地。和往常一样，这里不用联合收割机和长镰刀收割大麦，而是用月牙似的镰刀。蹲着的镰刀手突然起身，晒得黝黑、满是汗水的面庞上双眼明亮，他们向女孩们询问时间，跟在她们身后奔跑，康斯坦丝和安娜玛丽亚惊恐地跳了起来，几次扭过头对他们说，已经一点半了①。芦苇、甘蔗和桉树的表皮清凉，

---

① 原文为意大利语。

枝干纤细，长着银色、细长、微微卷曲的叶子，这些叶子也环绕着树干生长。叶子逐渐呈现肉色和丁香色，正以一种优雅的方式走向衰败，既不悲怆，也未歪斜，更不会愤怒异常。这里就是这样，但无论是在我们家周围，还是在远处，一直到特雷卡纳的免费海滩上，都只有一片肮脏的沙地，垃圾也随处可见。几个男孩可能会在傍晚时分，在岸边的芦苇旁踢足球；一匹小马驹拉着一辆装满木棍的马车，沿着海浪拍打的岸边前行。陆地上缓慢流淌的黑色运河给湿咸的清新空气增添了低地、忧郁和秋天的味道。沉默的心啊，我还能告诉你什么呢？你还想知道吗？你还想知道什么呢？

星期一

眼睛，一双新的眼睛，注视着康斯坦丝，注视着她那平静而坚定的动作，注视着她那难以形容的纯洁和真诚。就像长途跋涉归来，我发现她突然变得成熟了，我的阴郁对她来说是一缕善意的阴影，我的行动迟缓意味着一种步履蹒跚，我们的步调终于有一次保持一致，而不是像小时候那样，我在前面跑，她在后面拽。恐惧，这种永恒且焦灼的家长式恐惧，这种害怕错过什么、害怕遗漏什么重要事情的恐惧，已然式微。当我意识到我只拥有她，我也知道我已经不再拥有她了，我不能要求任何事情，甚至不能要求她理解我的残疾以及我对我自己的憎恶。我必须掩盖这样一个事实：我属于你，一个已故之人，因此也属于死亡。她再也听不到我们的爱情，听不到我们两人之间这种独特的联结，在她看来，这是一种可怕且不人道的联结。年轮已转过一圈，秋、冬、春、夏，时间已经够长了，女儿也必须放过自己了。每一代人都有自己生活的方式，或爱，或不爱，或等待。总有一天，她的母亲一定会震惊地意识到，坚定不移地缓慢迈入生活是一种方式，在不近人情的艺术——音乐中自得其乐也是一种方式。有一天她不得不聆听长笛的乐段，忽然发觉每个孩子都是如此陌生，但是他们的恐惧和威胁、对生命的热爱和对死亡的渴望，以及在康斯坦丝家参与的表演，多瑙河的恶魔，你在波兰穿着破旧的制服骑马，我从葡萄园和布赖斯高山毛榉林走过，以及最后的施纳维林，那个侏儒，我都了然于心。

星期二

在圣费利切，人们常说月亮是睡眠的破坏者和爱情的唤醒者,它在海面上升起,是缥缈的天空中露出的一个圆圆洞口,柔和的火焰在洞口后燃烧。直到后来,它才变得又大又亮,闪着银色的光芒,光芒投向水面,又消失在山的那边,所以它现在在人们的身后,只有山外的渔民才能看到波浪上闪烁着的宽广光线。

我坐在卡图扎旁边的椅子上,双脚搁在露台的栏杆上,睡眼惺忪地望着月亮,不敢相信它马上就会被唤醒,冰冷的月亮女神塞勒涅也即将加入我们行星发动的战争。旅馆小门厅的电视机里,也在谈论月球或者关于它的表演。昏昏欲睡的小孩子们坐在大椅子上,盯着屏幕,屏幕上也有孩子,每次都是几个孩子和他们母亲在一起,他们的父亲马上就要被塞进太空舱,出发去月球了。哎,哎,电视机里的叔叔说,你难道不为你的爸爸感到高兴吗?孩子们手里随意地拿着玩具,说自己早就迫不及待了,期待不已。打扮漂亮的妈妈们也很高兴,每个人都希望她们的丈夫能第一个到达那里。注意,注意,女士们先生们,整个世界都屏住了呼吸。英雄的妻子,英雄的孩子;清冷的月亮再次出现,现在它又升高了一些,灌木丛和山谷里洒满了月光,即使是黑森林的灌木丛和山谷也不例外。当我坐在那里凝视着她时,圆形的银色舞台也向她升起,她也随着所有的舞者一起升起,越过开满白花的夹竹桃,穿过含羞草和胡椒树的树冠,以及酒吧屋顶上的稻草顶棚,当舞蹈者向后退时,悲伤的音乐响起:

年轻的杀手被要求垂首哭泣,垂首哭泣[①],随着灯光的熄灭,又归于沉寂。

狂风骤起,铁栅栏叮当作响,风沙卷过露台。

星期三

耳朵,新的耳朵,听着这里流传的故事,比如那个被活埋的死人,今天我让理发师给我详细地讲述了那个故事。理发师对此无所不知,故事的主人公,就是那个伸出拳头的死人,是他的表弟,当然他也认识故事里的其他人物,肤白貌美的南娜是表弟的爱人,住在表弟的公寓里,还在那儿的阳台上用罐子种花,全是火红色的花,有紫薇、天竺葵和风信子。她还戴

---

① 原文为同样的意思用英语重复了一遍。

着一条粗黑的木珠子项链。傍晚，当表弟骑着摩托车回家时，做砖瓦工的他就会远远地喊道：嘿，南娜。这时，南娜那白皙的脸庞就会出现在花丛中，年轻的贾尼则从后门溜走，消失不见了。表弟什么也没注意到，但一个什么也没注意到的人，难道不比一个四处张望、出手伤人的人更可怕吗？他的占有欲和安全感难道不令人作呕吗？他难道没有因血腥和不幸大声呼救吗？他难道没有把刀从自己的肚子里拔出来吗？贾尼每天下午都和南娜待在一起，但到晚上他就会被抛弃，于是他开始用看电影来打发时间。他在电影里看到有人被匕首刺死，有人被绞死，有人被枪杀死……这一切可以让一个本来就不爱说话的男人完全闭嘴。理发师觉察到，贾尼在内心深处爱着他的情敌，这爱意或许比对那个女孩的爱意还要凶猛，而这让他思绪万千，所以在讲述过程中，他把手从我的头发上拿开，点燃了一支烟，一边对着浑浊的镜子吹着烟圈，一边和我讲述着。因为贾尼并不想真的杀死表弟，所以我一边问一边思索着南部人的男欢女爱和对世界的博爱。理发师把烟头扔进了水槽，说出了事实：贾尼和南娜如何把死去的表弟放到他的摩托车上，如何将表弟的胳膊搂住贾尼的身体，他们把他绑在那里，南娜站在后面,铲子放在膝盖上。现在要把尸体藏起来然后埋掉,首要的是把它藏起来,扔进海里无济于事,海水守不住任何秘密,它能够洗清血液,却不能愈合伤口。所以他们快速地把他埋了,笨拙地埋在了被雨水打湿的土地下,埋在了远离村庄的葡萄园里,埋在了那片有着陌生人避暑小屋的平原上。埋好了,但埋得并不深,好像他们并不在意,好像他现在就可以出来,但他们肯定不会想到他自己真的会试图出来。当理发师讲到这,我说,现在戴上帽子吧,我抓起那个嗡嗡作响的贝壳,准备把它戴在我的头上,因为故事现在与我息息相关,在邻居的花园里,罗马洋甘菊中已经长出黑色的拳头,没有人可以帮助他,无论是你,抑或我,这一切都是命运的安排。

星期四

写作,描述,创造一个世界,以及疑问:为什么我又开始这样做?可能是因为我不能如幽灵般生活在黑暗之中,也可能是因为我想提醒你,你在这里最珍爱的是你所热爱的光景——人类的渴望、躁动、创造;石头、墙壁和草本植物。着眼大局的人未必不会因身边不起眼的事产生思乡之情,就像那些乘坐飞机旅行的人,哪怕脚下神秘莫测的地球表面远远望去如同马赛克一般,他们也会怀念港口那令人作呕的气味,也会想要用自己的手揉碎被雨水浸湿的泥土,也会渴望在带刺的草地上小憩片刻。既然我不能给你其他东西,那我把卡图扎餐厅、草屋中的酒吧、点唱机、灌木丛、树木和褪色的帆布伞给你,他们在我手中都是玩具大小,但现在为了你,我把他们摆放在了道路和大海之间。别忘了那些小椅子,我摆放的红白木椅,很小,但并不是所有东西都如同你看到的那样小,巨型玩具、犁地的农夫、巨型少女、马匹和打骂着的巨型父亲。巨型玩具、夏日的海滩、延续两个月的小生命,还有,别忘了那个特殊的游戏,在玻璃罩的盒子里,一个球从斜面上滚下来,在色彩鲜艳、响着铃声的障碍物和突然闪烁的灯之间滚动,想要躲进黑洞里。但是,有一根杠杆可以让两个小障碍物在适当的时候向前弹出,游戏的目标是要带着小球走进迷宫,回到小柱子和闪烁的灯前,小球不会停歇也不能停歇。盒子上方黑板上的数字是代表着金钱的数额,还是年龄的数值?别忘了那台玻璃自动售货机,它吞下硬币后就会弹出一个小圆盘,紧接着圆盘就又向下掉落。"当你对我微笑时,茱莉亚""抓住一颗流星"①，但现在是六月，星星还未坠落。别忘了卡图扎露台上的旗杆和闪烁的灯光，傍晚时分，当游览船从庞扎返回时，那些穿着长裤和白夹克的年轻侍者会发出有趣的信号。短、短、长、长，白色的信号在融为一体的汪洋与天幕中不断回闪。

星期五

清晨，海滩上的一切都显得澄澈明净，即便事实并非如此，就连孩子们的嬉戏打闹也不例外，他们拿着水桶和铲子，玩得不亦乐乎。但是，如果人们以好奇和惊讶的眼光去观察他们，就会发现，他们已经加入了充满人类激情的假面舞会，优雅又神秘地表演着。在沙滩上玩耍，在沙地里嬉戏，几乎没有人在海边打闹，尽管海水并不深，尽管它一直延伸至远处。但在第一天晚上，当安娜玛丽亚脱掉鞋子，卷起外裙和衬裙，露出膝盖以上的大腿，在星星的照耀下，在所有年轻人的注视下，穿过黑色的海水，去取摩托艇的桨叶时，我意识到，这不过是一个贵族小姐的恶作剧和任性之举，却导致我的女儿们背上了疯癫

---

① 原文为英语。

的骂名。不过现在要说的不是他们，而是那个叫尼娜的小姑娘，她有着一张胖乎乎的红脸蛋儿。她唯一需要做的事情就是去打一小桶水，然后左手持着一把大梳子，拿起一撮头发，用右手梳理，梳妈妈的头发、爸爸的头发、哥哥们的头发、姑姑们的头发以及她们朋友的头发。在梳理时，她会不时地把梳子浸到水里，也会不时地去取新水来洗刷茶杯和水壶。全家人都反对她这样做，但太阳伞下的邻居们对此并无怨言。整整一个上午，除了用她那双胖乎乎的小手不停地梳啊梳（一次又一次，一次又一次），她什么也没做，小脸红彤彤却又严肃得要命。我们还应该说说佩皮诺，他固执地要埋葬他的母亲。他把沙子撒到母亲腿上，用力地踩了又踩（用脚指头，用那些令人厌烦的野兽脚指头），将沙子撒在母亲的手臂上、肚子上；妈妈的胸脯上也有沙子，随着呼气起起伏伏，所以沙堆总是做不到严丝合缝。他把沙子撒在脖子和头发上，直到一切都消失不见，唯独留下小小的、可怕的脸部三角区，妈妈的眼睛滚动着，嘴唇也发出呜呜声。佩皮诺害怕极了，想要逃跑，但这时妈妈已经咯咯地笑着从沙堆里走出来，直到她放他走，佩皮诺才不再号叫和跺脚。还有小乔安，她是一个六岁大的英国女孩,声音洪亮,动作粗野,常躲在浴巾里。大人们也知道如何找到她,乔安会在哪里呢①?难道是在非洲的大象背上?难道在北极的浮冰上?乔安一动也不动地藏在那里,很久很久,直到思乡之情淹没了她,她才会把浴巾从头上扯下来。但有时她会被浴巾缠住,喘不过气来,一圈一圈地打滚,滚成了一团紫红色的毛线球。但最后她总会用带着安慰与胜利的语气说,乔安在这!然后露出被湿漉漉的发圈包裹着的红润脸蛋(一次又一次,一次又一次),伸手去拿那条浴巾,准备重新开始这个游戏。哦,还有那些从明亮的露台上跳下的小男孩。他们在夜色中跳到三米深的沙滩里,月光下的沙滩光秃秃的,只剩下折断树干般的突起,那是遮阳伞的支架。他们跳到了一片完全陌生的景色中,于是他们不得不把凉鞋,红色的凉鞋,扔在前面,就好像沙滩在欢迎他们一般。但一跳到沙滩里,他们就会穿上鞋,再次跑向楼梯,再次站上去,感受着恐惧的颤抖,再次松开紧紧抓住栏杆的手,再次跳下去,一次又一次,一次又一次。

---

① 原文为英语。

星期六

这个世界逐渐变得清晰，影子浮现出轮廓，白点幻化成面孔，一双双充满渴求的眼睛取代了黑黢黢的空洞。那些你不认识的人也出现在我的眼前，我虽厌恶他们，却又不得不在我人生故事的边边角角为他们留下位置，我曾希望他们永远不会出现在我的故事里，曾希望只书写我们彼此的故事和结局。但现在他们出现了，真是一个绝望而悲伤的故事。我还会和一些人握手，问他们过得怎么样，他们也会害羞地看着我，问我过得怎么样。海滩上站着几个年轻人，喜怒无常的毛罗、马戈和工程师也在那儿，毛罗和马戈住在一起，他们一起修路；正赶上夏季游客繁多的时候，海岸边的道路就变得寸步难行，深沟，高高的土墙，一台红色的机器如幽灵般挥舞着手臂。晚上，朋友们就坐在卡图扎家聊天，但其实只有工程师在说话，六年的大学生活教会了他如何遣词造句，但谁该为可怜的朱利奥——他们称其为造雨人马戈——支付学费呢？他从入学起就不得不开始工作。马戈只是坐在那里，眼睛一直盯着康斯坦丝，只有当男孩们从阳台上跳下来时，他才把目光移开，工程师对男孩们完全不感兴趣，他根本不看。别往下跳，马戈恳求道，下面可能有玻璃碎片和生锈的钉子,但没人听他的,孩子们还是跳了下去,工程师继续谈论他们在修路时发现的洞穴(但报纸上只提到了他们老板的名字)、海怪、巨大的脚、大大小小的脑袋和一块不匹配的石头,他们本想从中找出被蛇缠绕着的拉奥孔形象,但现在发现石头上雕刻的应该是波吕斐摩斯①或海怪斯库拉②。不知不觉,已至深夜,音乐响起,工程师起身向安娜玛丽亚伸出了手,马戈则俯身向康斯坦丝问道,你想跳舞吗?他露出了意大利南部男孩特有的凄美笑容,这笑容是如此美丽,却又如此贫穷、孤单和绝望。

星期日

有些人总是随身携带自己的座椅或躺椅,就像蜗牛带着自己的房子,但我们看不见,只有当它真正出现时,我们才会认出它,并露出欣慰的笑容。是的,我们认为办公椅、马鞍、宽大的床和棺材都很适合你。吊床是为安娜玛丽亚发明的,但如今还能在哪里找到它呢?当我们还是孩子的时候,我们把吊床带

---

① 古希腊神话中吃人的独眼巨人。
② 古希腊神话中吞吃水手的女海妖。

到了森林里,把它们系在被茂密的苔藓覆盖的石头之间的小溪上。吊床可以用来读书,可以用来睡觉,但它最重要的功能是用来做梦,它们似乎成为了那些逝去已久的童年时光的一部分,也注定要随时光流逝而湮没。出乎意料的是,现在我们这里也有了吊床,当然这个吊床与之前的并不一样,这是一个用更细的尼龙线编成网兜的吊床,它没有木制支架,所以它像一张渔网,如同蚕茧般紧紧包裹着躺在上面的人的躯干。把吊床借给安娜玛丽亚的人从不使用它,他是一个新派的人,一个不安于现状、野心勃勃的人,一天或几个小时的闲暇对他来说已经够多了。但是在我们家,这个吊床却备受尊崇,因为它十分稀有。在与客人打招呼后,我们立马就向客人们展示了这个吊床。客人们坐在上面,垂下来的双脚在露台的地砖上荡来荡去。康斯坦丝有时也会坐进去,并把她的作业放在大腿上。但只有安娜玛丽亚天生就适合睡吊床,也只有她无形地带着吊床,就像蜗牛带着自己的房子。只有她还知道如何做梦,做那个旧时少女的梦,他和我,我和他,其中必然包括他那已然改变的脸庞、动作和体态。他的脸从无花果树的枝头露出,对着安娜玛丽亚这个古板的女孩微笑。当她在吊床上来回摇摆，目光温柔地向上看时，她肯定会听到那些声音，那些说着同样的话的不同声音，实际上最好的梦已经做过了，因为她认为现实中的爱情可怕无比，并对此充满恐惧。她对生活充满迷茫，不会铆足干劲做事情，也把握不住任何事情，只在未来的无数可能中选择一种，然后关上其他所有的门。她在网中、在茧里飘来荡去，对着一个谁也不是的人温柔地微笑。安娜玛丽亚就是这样，她其实不是我的女儿，她只是在这里扮演这个角色罢了。你或许会用一些过时的词语来描述她，比如高兴过度的、滑稽的，但她自己则用各种各样的缩略词——小房子、小树、小母鸡——构建了一个古老的儿童世界。她总是为弯腰驼背的母亲卸下捆绑着的木条，这也是她形象的一部分，还有突如其来的悲伤和困惑，让她红扑扑的脸蛋上充满惊恐的表情。

星期一

近来对新鲜事物的兴趣已经让我难以招架。我不愿让我的想象力唤起我的兴趣，不愿去想任何事情，当然也不愿去感受任何快乐，不愿让你陷入孤独、无力和无法沟通的缄默之中。我现在也不再和康斯坦丝、安娜玛丽亚一路谈笑风生,而是从海边独自回家,假装去买东西或做午饭。孤独的路不同寻常,它更热、更亮、更长。尽管我在大草帽上系了一块黑布,但太阳还是热得让人受不了。路上一个人影也没有,既没有人朝我走来,也没有人追赶上我。空壳一样的房屋里百叶窗紧闭,商店门前也筑起了方格栅栏。我用双脚碾碎厚实的土块,鹅卵石钻进我的鞋里,我不得不晃动双脚,移动它们的位置。在小路的某个拐弯处有一个花园,一股浓烈甜腻的柑橘花香穿过花园篱笆飘散出来,我在那儿稍稍驻足,也在那片长满干枯菜蓟的荒凉田地里停留了片刻,田里还点缀着一些蓝色小花,从天而降似的悬在一株干枯的龙舌兰之上。有时,我还会遇到那些专职灭虫的人,他们戴着长鼻面具,拿着白色长柄水壶,还穿着沾满蓝绿色灰尘的罩衫,这种非人类的怪异打扮令我着迷。我还喜欢此刻的安静,没有人说话,没有人唱歌,也没有人打开收音机,我能听到的唯一声音就是那些知了发出的急促且无序的鸣叫。在回家的路上,我几乎什么都没想,也没有想你。不被任何人看见,也不必扮演任何人的感觉很好,因为你不必活在目光之下,不必伪装。独自一人的夜晚(我陪女孩们去了卡图扎那儿，因为她们本就属于这里，妈妈①，喝完酒再回去），是不同的，少了无序，多了忧郁，回忆缠绕，面孔惊惧。

星期二

在从房门洒向露台的阳光下，我读着一封法文书中的来信。一位女士的儿子在十五岁时去世，多年来，她每天都记录着儿子对她说的话。这位年轻的天使对他的母亲要求严格，像其他年轻的儿子们一样，他也觉得母亲太世俗、太散漫，常常觉得和她在一起很无聊，甚至不愿和她见面。他没有任何罪责，还英年早逝，所以可以和母亲保持联系，也不必忍受炼狱之苦，只是他还在彼岸不停地徘徊与活动，所以还无法见到圣母。共同的信仰是他声音的媒介——他的灵魂在来临时还施展了一些小小的魔法，但这魔法并非心中的悸动和黑暗中舞动的光。儿子急不可耐却又爱意十足地为母亲做好了上天堂的准备。她应脱离尘世，在精神上追随他，在天堂般的教堂里最有可能实现这个愿望。但人们只徒劳地写下对天国的强大、尘

---

① 原文为法语。

世的衰落以及对最终迎来神圣之死的期待。一切都是徒劳，人们虽然没有从要求过高的纪律中解脱，但也没有做出背信弃义的行为。虽然读完了这本书，但每天白日和夜晚的口述还要继续，这是一种无与伦比的意志张力，一种超越死亡的忠诚，无论是否真的会有一个苛刻的逝者忍受这些，抑或只是独自绽放的想象力赋予影子以语言。只有一个小伙子，几乎可以称之为孩子，会以这种方式出现，或者说是幸存者让他得以显现，这当然不仅仅出于前面提到的神学原因。人们并不会认为一个死去的成年人（甚至你更是如此）冷漠无情且毫无幽默感；相反，人们会认为他在逝去的那一刻变得聪明睿达，并仁慈地看待那些幸存者仍为了与他共存而付诸努力的幼稚把戏。因此，从这个意义上来说，我并不担心与你建立这样的联系。我最终放下纸笔，独自坐在夜晚的小露台上想你的另一个原因是，我可以忍受任何事情，唯独无法忍受失去倾听和记录的能力，无法忍受白纸上只有无花果树影在游荡，清晨全都消失不见。

星期三
我那压箱底的好奇心再次被唤醒。这是我们来到这里后第一次去小城里散步。这座小城依山而建，引擎发出的隆隆声震得狭窄的街道和广场嗡嗡作响，和机器车间别无二致。人行道上黑白相间的方格砖铺就了令人愉悦的秩序感，但上面遍布着杂乱无章的垃圾，脏水也在上面流淌。带着凸起的铁栏杆的楼梯在这里随处可见，它们连接房屋内外，透过弯曲的阳台栏杆，人们可以看到屋内在破旧易拉罐中努力绽放的玫瑰花和康乃馨，而在屋外，女孩们提着装饰着迈锡尼软体动物的水壶，从井边赶回家。房屋的墙壁上贴着厚厚的黑边纸条，上面写着一位同胞的死讯，大门口的石凳上坐着年逾古稀的老人，进出小城的人们都必须经过他们，就像一座纪念碑，提醒人们青春易逝。圣殿骑士的足迹遍布大街小巷，旅馆的名字也随处可见，但居民的记忆力并不好，只能说出一个城堡主人的名字，他曾在两个世纪前放弃了大片山地，只为换取一块黄油面包。谁是这里真正的统治者，也许一直都是那个手指骨瘦如柴、嘴唇边飞着一群苍蝇的老妇人。她坐在自家小茅屋前的石凳上，形容枯槁，腿脚不便，唯有一双布满皱纹的眼睛炯炯有神。在她的头顶上方，一只毛茸茸的大蜘蛛就蹲在遍布脏污的墙上。透过半拉着的窗帘，人们可以看到她那没有窗户的居所，看到铺着灰色破布的床榻，上面是挂着一捆捆干草药的灶台。老妇人没有张嘴说话。当然，她既不是听障，也不是哑巴，她只是没有参与其中，或者说，她卷入了一场隐瞒数千年的纷争。无论是在乡村还是城镇，抑或在距离金碧辉煌的大理石外墙仅百米之遥的地方，我们曾一次又一次地与她相遇，并非只与她打过一次照面，而是重逢了无数次，所以毫无疑问，我们能认出她那可怕的面孔，我们也几乎笃定，她会在夜里游荡并掐死睡梦中的孩童。我感受到了她的坚韧，如同蚂蚁一般，再沉重的打击也无法将其摧毁。我还感受到了她对疾病、颓废和绝望的支配力。人们在努力驱赶她，她那破旧的小屋已经被人偷偷拆掉。在那之后，她很有可能只是一言不发地站起来，继续往前走，不久之后，或在一间波纹铁皮屋前，或在山坡上的一个洞穴里，或在郊区的一个没有一丝光亮的石沟中坐下来。她坐在那里，就像我今天在山村里看到的一样，纹丝不动，一群苍蝇绕着她淡蓝色的嘴唇飞来飞去，干裂的眼睛里流露出昔日的得意。但不同的是，她头顶上的蜘蛛早已结好了网，潜伏在那里躲避正午的热浪，唯有耀眼白墙上留下了深黑的斑迹。

星期四

独自一人在奇尔切奥山脚下平坦的冲积平原上漫步，和以前与你一起漫步时别无两样，只不过不再有人说话，不再有人回答，不再搀扶彼此，也不再得到肯定的目光。这是一座地中海岛屿上的山，它不靠近海岸，所有的岛民都住在山上。岛屿的隐秘处可能发生一切可以想象到的暴力行为，无论是血债血偿，还是氏族复仇，甚至还有动用私刑的。今天，我看到藤蔓屋顶下有几个人凑在一起，对另一个显然乘公共汽车来到这里的男子指指点点，他穿着城里式样的衣服，现在正沿着陡峭的山路往上走，他不是陌生人，而是他们中的一员，但他们似乎对他有一些不满，正在密谋如何捉弄他。但那人没有看向他们，而像一个久未归家的游子，抬着头注视前方。望着山顶下拥挤的房屋，他似乎特别注意到了其中一座，随即脸上露出了幸福的微笑。我很想向他提个醒，但我脑海里浮现出的是一个我听过的故事。故事发生在别处，一个真正的小岛上。这里发生的事情与他无关，也并未造成任何伤害，但在这个故事中，伤害贯穿始终。有一位塞浦路斯的游子，他曾与英国人为伍，战争结束后他留在了英国人身边，因此在获得外国人保护的同时也得以免遭同胞的侵害。他在一个铁丝网环绕的军营里住了好几个月，吃得很好，待遇也不错。但随着时间的推移，他越来越思念自己的山村，到了思念成疾的地步。最终他获准归乡。英国派遣了一名警察与他同往，但送到村口后就任他自生自灭了。在这个归乡者上山时，人们看到了他，他回家的消息就此传开。人们聚集在他家门前的广场上，似乎是在迎接他，只不过迎接的方式不是问候，而是审判。他的妻子预感到不妙，想去警告她的丈夫，但是人们用绳子把她绑在了床柱上，屋门大开，她被迫看着丈夫如何被审判。背叛者的妻子也并没有幸免于难，她被绳索吊在那里，嚎啕大哭，放声尖叫，因为她看到往日的亲朋好友拖来了汽油桶和稻草扫帚。他们打算把汽油浇在这个思乡的叛徒身上，像点燃火把一样把他烧死，他们也是这样做的，这个男人惊讶得忘记了反抗，或许他早已料到会这样，尽管如此，他仍旧很想回家。当我今天站在藤架旁时，眼前就浮现出这阴森恐怖的一幕，但藤架下的那些人和那个归乡者沿着不同的路走散了，消失了。我没有听到任何尖叫声，也没有听到任何恐怖的声音，只听到远处突然响起了铜管乐队演奏的欢迎进行曲。

星期五

坐在摩托艇上时，我感到自己一半的身体浸在水中，随着波浪的起伏，艇身以极快的速度向前行驶，像一个超自然的生物，做出各种高难度的漂移和腾空动作，我的脸也被浪花打湿，感受着海水、盐和风的洗礼。今天，我被拽进了这样的旅行，感受到我们称之为神圣的自由，但与此同时，随着摩托艇一次又一次拍打海面，我也体验到了最令人不适也最为猛烈的颠簸。发动机发出的噪声震耳欲聋，海滩上的景色也千变万化，先是白色的沙滩和五颜六色的遮阳伞，再是撕裂般的岩石海岸，随后我们又继续向南，驶向泰拉西纳和朱庇特神庙。超快的速度让这艘摩托艇恍如梦中的飞鸟，剧烈的颠簸让它好似一匹倔强的草原骏马，巨大的起伏让骑手无法思考，也几乎无法在它的背上保持平衡。随后我们熄灭了发动机，在水面上静静地滑行了一会儿，刚刚经历的一切还历历在目：那种感觉、海藻丛、小鱼、维内塔，还有那耸立在深处的水底、回响着钟声的朦胧灯塔。我还记得，在一片更靠南的海滩上，我们傍晚乘船归来，弯下腰把头伸进水面，那里有座真正的废墟，一座逐渐被水淹没的城市留下的残骸，但即便如此，我还是认为，水底绝非只有溺亡者，而是有着那些逝去之人造就的宏大景观，地球上的一切都将沉没。最终，任何在地球上经历过、热爱过、遭遇过的一切，都会湮没于水底。就这样，所有的记忆得以保存，都正是因为同一地点的水下世界还保留着生命中的某个时期、一段无法挽回的时光。罗马、雅典和伊斯坦布尔，现如今对我而言，这些你我一同生活过的地方只是一个个地点罢了，这些沉没的城市才是真正的城市，没有任何墓穴的阴冷附着其上。我还想，只需滑下去，我就会立刻重新拥有你我曾经历的灿烂时光。小船还在静静地滑行，我想起了维内塔，它真是个巨大的记忆市场，我想起了在那里回荡的对话，想起了那些早被遗忘的向窗外张望的面庞。我没有注意到船的主人正恼火地摆弄着发动机，只听见我年轻同伴的声音，他正要入海潜水，愉快地向我提议道：给您抓一把海藻如何，夫人？然而，随着发动机沉重的轰鸣声，我们又突然被抛向了前方，海滩、岩石和灯塔在眼前匆匆滑过，大海好似变成了一个坚硬光滑的玻璃表面，我们在上面倔强地跳起了舞蹈，直到炙热的阳光、飞舞的水花和空旷的深蓝色天空再次坚定地呼喊着今天，今天。

星期六

远离与回归,也就是脱离世界和人群,又重新靠近他们,是一种难以平衡的钟摆式运动,光明与黑暗也不断长短不齐地交替着。

从与世隔绝的黑暗中走出来,必能获得历经黑暗的经验,人们也不会在受挫的地方盲目地用同样的方式重新开始,在经历了超出耐力极限的跋涉、半死不活之后,更是如此。人们认为,新的词汇总是由作家写出,新的色彩总是由画家绘出,从未发现的关系总是由思想家表达出。但令人失望的是,事实并非如此。即使在经历了最可怕的遭遇后,人们仍会屈从于万有引力定律,脚朝下,头朝上,醒来后,穿上衣服,走到街上,至少在精神层面上本性难移。人们变得愈加悲伤,愈加麻木,但这并不新奇,到目前为止,人们仍无法用词语来形容那些闻所未闻的事情。说话的语气也是如此,无法轻易改变,因为它不仅属于自己,更是属于这一代人。即使是伟大且令人心碎的经历,也无法让人们预知未来的语言。对于过去那些将现实与感官知觉放在首位的人来说,当下不可名状,符号也无法完全取代图像。没有人不期盼着摆脱一成不变,但新的开始是强加给他们的选择,并不能如他们所愿，他们不知道这样做的目的和意义何在。但这至少满足了他现在的愿望：跳出旧的轨道，找到逃离的路线，以新的声音、新的面孔重新出现。但其实，他还是一如从前，既说不出至理名言，也发现不了任何新的形式，甚至有时会觉得，在黑暗中度过的岁月好像被施了魔法一样成倍延长，以至于他再也听不懂周围的语言，也不知道他认为重要的事情有多重要。除了沉默，他唯一能做的就是自言自语，因为有助于自律和克制，这些自言自语可能仍有意义。这是他给自己的一个交代，是一场续写，他曾再也不想这么做了，但如今的他比以前更有勇气。

星期日

继续写作，继续生活，比以前更有勇气。收拾行囊，这是在奇尔切奥的最后一晚，微风吹拂着夜晚的海滩，我们听着最后一首舞曲，"抓住一颗坠落的星星，垂首哭泣"[①]，一个小球努力穿过发出声响的障碍，进入黑暗的安全地带，又被追了回来，神奇地闪

---

① 原文为英语。

烁着数字,谁能坚持得更久,谁就赢了。我不想坚持,我不想在这些闪烁的标志之间被来回推搡,然而有什么东西驱使我回到生活中,让我睁开了眼睛。你还没有滚入深渊,努力吧,你能做什么取决于你自己。随着时间的推移,我能看到、听到、想到的事情越来越多,我从未忘记我死去的爱人,他一直都在。他一直都在,所以当我坐上往返圣费利切和罗马的巴士,来到尼安德塔尔酒店,看到保存在洞穴里的远古时代的头骨时,我担心他会被遗忘。每个人都站在那里挥手,许多小伙子、小姑娘、理发师和戴着滑稽非洲小帽的摄影师,他给康斯坦丝拍了很多张照片,一张是在花丛中绽放的少女,一张是穿着游泳衣的康斯坦丝,他的眼睛里闪烁着可怕的疑惑,但这并非他有意为之。马约拉蒂的海滩露台上总是放着同样的舞曲,现在才七月,夏日海滩上的旋转木马还在运行,秋日的暴风雨、早早落山的太阳、九月的一片荒凉也要过很久才会来临。就在我写这篇日记时,我们的房子已经租出去了,新的租客一家就站在露台前。安娜玛丽亚想把黑头发的小男孩们放进吊床里,再把他们绑起来,但孩子们很害怕,他们从没见过这样的场景。最难以割舍的是无花果树,它的果实虽已成熟,却也早已干瘪,几乎无法食用。它陪伴着我在露台上度过一个又一个黑夜,它像一个异形人,时而叹息,时而挥舞一下手臂。但它终究不是你。你没有被困在某个物体之中,我不知道去哪里找你,这使我无家可归,让我坐立难安。我担心你有可能还留在这里。我看到我们继续前行,拐两个弯,路通向山的背面,喀耳刻的头被砸碎扔掉,罗马别墅早已破败,但原野还在,也许,当我们在驾车行驶时,你已经大步流星地走进了女巫的家,走进了黑色的灌木丛,奥德修斯看到神秘的烟雾从那里升起,狮子和山狼也从他面前跃过。

胖孩子

那是圣诞节假期结束不久后的一月底，一个胖胖的孩子来找我。从那年冬天开始，我把书借给附近的孩子们，让他们在某个工作日来取书或还书。当然，大部分孩子我都认识，有时也会来一些不在我们街道居住的陌生孩子。尽管他们大多数只是在借还书时稍作停留，但也有人会坐下来开始阅读。我坐在书桌前工作，孩子们坐在书墙边的小桌旁，他们的存在并没有打扰到我，反而让我感到愉悦。胖孩子是周五或者周六来的，总之并非指定的借阅日。我本来正准备出门，打算把小点心拿回房间。刚才有客人来过，他应该是忘记关前门了。就这样，当我把托盘放在书桌上，转身去厨房拿东西时，胖孩子突然站在我面前。这是一个可能只有十二岁的女孩，穿着一件老式的粗呢大衣，一双黑色的针织护腿，皮带上挂着溜冰鞋。尽管看着眼熟，但毕竟不是真正认识的人，她静悄悄地走进来，吓了我一跳。

我认识你吗？我惊讶地问。

胖孩子没有说话。她只是站在那里，双手放在圆圆的肚子上，用水汪汪的眼睛看着我。

你想借书吗？我问。

胖孩子还是没有回答，对此我并不意外。我已经习惯了孩子们的羞涩求助。于是我抽出几本书放在这个陌生女孩的面前，然后开始填写其中一张卡片，记录被借走的书。

你叫什么名字呢？我问。

他们叫我胖子，孩子说。

那我也应该这样叫你吗？我问。

我无所谓，孩子说。她没有回应我的微笑，我想我现在都能记得，她的脸在那个瞬间痛苦地抽动了一下，但我当时没有察觉。

你是什么时候出生的？我继续问道。

水瓶座，孩子平静地说道。

这个答案让我感到有趣，我把它记在卡片上，可以说是为了好玩。接着我又回到书的话题上。

你有想读的书吗？我问。

但是我随后注意到，这个陌生孩子根本没有看书，她的目光落在托盘上，而我的茶和面包恰恰就在托盘上。

也许你想吃点东西，我连忙说道。

孩子点了点头,她的同意中夹杂着一种委屈的惊奇,我现在才意识到这一点。她开始一个接一个地吃面包,以一种我后来才找到了解释的特殊方式。吃完后她又坐在那儿,用木讷而冷冰冰的目光扫视整个房间,她的天性中有些东西让我感到恼怒和厌恶。是的,从一开始我就讨厌这个孩子,她的一切都令我厌烦,她迟钝的动作、肥胖的脸、懒散又狂妄的说话方式。虽然我决定为了她放弃散步,却无法对她友善,而是残忍又冷漠。或许我们应该将以下做法称之为友好:我坐在书桌旁继续工作,背对孩子说道,现在读书吧。虽然我清楚地知道,这个陌生孩子根本不愿意读书。我坐在那里,想要写点什么,却什么也写不出来,因为我感觉到一种奇特的折磨,就像你在猜测某个谜语时没能猜出,在猜出谜底之前,一切都和原来不一样了。我忍住没说话,但没过多久,我又转过身来和她闲聊,但脑海里浮现的全是些愚蠢至极的问题。

你有兄弟姐妹吗?我问。

是的,孩子说。

你喜欢上学吗?我问。

是的,孩子说。

你最喜欢的是什么?

你说什么?孩子问。

哪门课程?我失望地说道。

我不知道,孩子说。

也许是德语?我问。

我不知道,孩子说。

我把铅笔夹在手指间,有一种东西在我体内生长,是一种与孩子的外表完全不相称的恐惧。

你有朋友吗?我声音颤抖地再次询问。

哦,有,女孩说。

其中肯定有一个是你最喜欢的?我问。

我不知道,孩子说。她坐在那儿,穿着毛茸茸的粗呢大衣,就像一条胖乎乎的毛毛虫咀嚼着食物,又像毛毛虫一样四处搜索着食物的气味。

现在你没得吃了,我想,内心涌起奇怪的报复情绪。不过没过多久,我又出去买了一些面包和香肠,孩子用直勾勾的眼神盯着食物,然后犹如毛毛虫般一口接一口地缓慢咀嚼着,仿佛出于某种内心的压抑。我充满敌意地注视着她,因为这个孩子的一切都令我不安和恼怒。当孩子吃完饭、解开大衣的扣子时,我想,多么愚蠢的白裙子,多么可笑的立领。我重新开始工作，但随即听见孩子在我身后发出吧嗒吧嗒的响声，如同森林深处黑色池塘发出的声响，让我感到潮湿的沉闷，是人性的沉重和混浊引发的不适感。你想从我这儿得到什么？我想，离开吧，离开吧。我想用双手把这个孩子推出房间，好像人们驱赶厌恶的野兽。即便如此，我仍然没有把孩子推出房间，而是继续跟她聊了几句，语气还是一如既往的冷酷残忍。

你现在要去滑冰吗？我问。

是的，胖孩子说。

你能滑得很好吗？我问道，同时指着孩子一直挂在手臂上的冰鞋。

我姐姐滑得很好，孩子说。她的脸上再次出现了痛苦和悲伤的表情，但我没有理会她。

你姐姐长什么样子？我问。她长得像你吗？

哦，不，胖孩子说。我姐姐很瘦，有一头黑色的鬈发。夏天，我们在乡下的时候，她会在夜晚起床，当雷雨来临时，她坐在顶楼走廊的栏杆上唱歌。

你呢？我问。

我待在床上，孩子说。我害怕。

你姐姐就不害怕，不是吗？我说。

不，孩子说。她从来不会害怕。她会从最高的跳板跳下来，头朝下入水，接着游很远。

你姐姐唱什么歌曲呢？我好奇地问。

她唱她想唱的歌，胖孩子悲伤地说。她还写诗。

那你呢？我问。

我什么都不做，孩子说。然后她站起来说，我现在得走了。我伸出手，她把胖手指放在我手里，我无法确切地形容当时的感觉，那感觉就像是某种请求，想让我跟随她，一次无声而迫切的呼唤。你再来啊，我说，但并没有很认真。孩子什么都没说，只是用那双冷漠的眼睛看着我。她走后，我本应该感到解脱，但当我听到房门被锁上的声音时，我穿上大衣冲向走廊。当我迅速跑下楼梯到达街上时，孩子正好消失在下一个转角。

我必须看看这条毛毛虫是如何滑冰的，我想。我必须看看这个胖子是如何在冰上移动的。我加快了脚步，为了不让她消失在我的视线中。

当胖孩子走进我的房间时，才刚到下午，但此时太阳已快落山。虽然我曾在这座城市度过几年的童年时光，但我现在已经不再认路了。我努力想要跟上那个孩子，但很快就不知道该走哪条路，出现在我面前的街道和广场是完全陌生的。我突然察觉到空气中的变化。天气一直很冷,但现在显然开始化冻了,雪水从房顶滴落下来,天空中飘浮着大片的荚状云。我们走出城市,走到房子被大花园包围的地方,然后是完全没有房子的地方。孩子突然间就消失了,她从堤坝上跳了下去。我原以为会出现一个溜冰场,还有明亮的小木屋和弧形的灯光,以及一片充满叫喊声和音乐的闪亮区域,但呈现在我面前的是完全不同的景象。下面是一片湖泊,我原以为它的岸边都已建好护栏,然而它孤零零地在那里,周围是黑色的树林,看上去跟我童年时一模一样。

这般出乎意料的景象令我相当不安,以至于我的视线差点儿看不到那个陌生孩子。可后来我又见到她,她正蹲在岸边,试图将一条腿放在另一条腿上,一只手握住脚上的冰鞋,另一只手转动钥匙。钥匙掉了好几次,胖孩子四肢着地,在冰面上来回滑行、寻寻觅觅,看起来就像一只奇怪的蛤蟆。夜幕渐渐降临,汽船码头延伸至离孩子仅有几米之遥的湖面上,宽阔的冰面闪耀着银色的光芒,周围漆黑一片,但并不是每个地方都一样,而是有几处格外阴暗,这些阴暗的角落将很快化冻。快点儿!我不耐烦地嚷道,胖子果然加快了速度,不是因为我的催促,而是因为在长长的汽船码头尽头，有一个转着圈的、轻盈、明亮的身影一边挥手一边呼喊：过来，胖子。我突然意识到，这应该是她的姐姐，那个舞者，那个在雷雨中唱歌的孩子，那个合我心意的孩子。我相信，除了想一睹这位优雅的人儿以外，没有别的东西吸引我到这里来。与此同时，我开始意识到孩子们所处的环境多么危险。因为突然响起了奇怪的呻吟声，还有深沉的叹息声，那是湖水在冰层破裂之前发出的声音。这叹息声在深处流淌，就像一首阴森的哀歌，我听到了，孩子们却没有。

孩子们当然没有听到。否则这个胆怯的孩子就不会到这儿，也不会在笨拙的跌撞中奋力向前，姐姐就不会挥手大笑，像芭蕾舞演员一般在冰鞋尖上旋转，滑出一个漂亮的"8"字。而那个胖子也不会不避开她害怕的黑洞，而是勇敢地越过它，姐姐也不会突然高高跃起，向前方孤独的小湖湾滑去。

我清楚地看到了所有的一切，因为我正在汽船码头上，一步步朝前走着。尽管码头的木板上结了冰层，我也比底下的胖孩子走得快。当我转过身时，可以看见她的脸庞，神情木讷，同时充满渴望。我看见冰面上到处是裂开的缝隙，缝隙中流出少许冒泡的水，如同狂热者口中吐出的泡沫。我当然也看见胖孩子脚下的冰层是如何破裂的。这就发生在姐姐刚才跳舞的地方，离码头终点只有几步之遥。

我必须说明，这种裂缝并不会威胁人的生命安全。湖水结冰分为几层，第二层比第一层低一米，非常坚固。完整的情况是，胖孩子站在一米深的冰水中，周围是碎裂的浮冰，但她只要涉水走几步，就能到达码头并爬上来，我也可以帮助她。然而，我马上想到，她不可能这么做，她看起来也无法做到。她站在那里，吓得魂飞魄散，笨拙地扭动着身体。水在她身边流淌，冰在她手下破碎。水瓶座，我想起她说的，水精灵①会把她拖入水里，但我毫无感觉，没有任何怜悯，也没有做出任何举动。

但此刻，胖孩子突然仰起头，夜已渐深，月亮出现在云层后面，我清楚地看到她脸上发生了一些变化。同样的五官排布，但又不完全一样，它们被意志和激情撕开，仿佛在死亡面前，它们饮尽了所有的生命力，所有世界上发光生命的力量。是的，我深信不疑，死亡在靠近，已经到了最后一刻。我从围栏上弯

---

① 原文"Wassermann"在德语中有"水瓶座"和"水精灵"两种含义。

下腰,凝视着底下胖孩子苍白的脸庞,它宛如一面镜子,从黑色的潮水中映照出我的脸。这时,胖孩子却走到了木桩前。她伸出手准备向上攀爬,灵巧地抓住木头上突出的钉子和钩子。她的身体太重,手指在流血。她倒退了一步,只是为了重新开始。这是一场漫长的斗争,一场为了自由和蜕变的激烈鏖战,我就像在观察一场破壳或破网一般。现在我很想帮助这个孩子,但是我明白,我不需要再帮助她了,我已经意识到这一点……

那晚,我忘记了怎么回家的。我只记得自己在楼梯上告诉一位邻居,那边的湖畔有草地和黑色的树林,但她反驳说那里没有。后来,我发现我桌子上的文件乱七八糟,其中某个地方夹着一张我自己的旧照片。照片上的我,穿着一条白色的毛线裙子,领子是立起来的;眼睛明亮、水汪汪的,特别胖。

六月中旬的一个中午

在假期结束的归途中,我还对此毫不知情。我从火车上下来便径直往家走,按响了那位女士的门铃,我的钥匙寄存在她家。她和蔼地向我打招呼,脸上露出意味深长的表情。您也知道自己过世了吗?她问。虽然我并不眷恋生命,但这句话还是让我感到不舒服。我问,为什么这样说?嗯,我的邻居泰希曼太太说,但您不要放在心上,那些被宣布过世的人都很长寿。我有些勉强地笑了笑,接过她放在书桌抽屉里的钥匙。是谁宣布我过世的?我问。一个陌生人,泰希曼太太说,没有人认识她,她走进公寓,按响所有的门铃,到处说您去世了。她的皮肤黝黑,脸颊消瘦,显然是个外国人。

是一个意大利人?我问。

然而泰希曼太太对此并不清楚。她说那个陌生人手里拿着一本杂志,或许此人也去其他住户家推销过,但她想不起杂志的名字了。有很多人过来,她说,还有一些年轻人,昨天就有一个人站在门前,除了一句"耶稣来了"之外什么也没有说。她还告诉我，那个陌生人问她有没有我家的钥匙，还急切地要求泰希曼太太把钥匙交给她。

真是厚颜无耻，我愤愤地说道。我向她道了谢，回到自己家，打开行李，翻看那沓没有来得及转寄给我的信。我试着不再去想这件奇怪的事，但我做不到。一个人回家后总是很容易感到失落，尤其是当你还不习惯独处的时候。物品迎接你的方式与人不同；它们要求你做的充其量不过是打扫灰尘，但立刻以各种回忆回报你。你走来走去，做这做那，这儿并不总是那么安宁；然后你坐下来，闭上眼睛，眼不见便心不烦。于是，我坐下来，闭上眼睛，脑海里又浮现出那个陌生人，要是可以更加了解她就好了，了解她的每一个小细节，事无巨细。

现在五点了，原本我想给自己泡杯茶喝。但我还是去了楼下的霍斯林太太那儿，然后又去找了住在我楼上的那户人家。我从他们那里了解到一些情况，但不多，回到房间后，我试着想象六月中旬那天中午的情景，那已是两个月前的事了。那是六月中旬的中午，天气炎热，被一声响亮的外国嗓音叫出来的女人们都站在楼梯上，代理人弗洛韦恩先生正要驾车离开，而那个女骗子就站在楼梯平台某处，她神情笃定,近乎挑衅。你们可以相信我的话,她说,这位卡施尼茨女士已经不在人世了,她去世了,就像我站在这里一样,这件事千真万确。女人们纷纷摇头,弗洛韦恩先生不由自主地摘下了帽子。大家都颇感震惊,但并没有完全相信。因为我们在这栋大公寓楼里住了很长时间,所有住户都很熟悉我。其中有些人甚至曾和我一起在地下室待了整整好几夜,当炸弹落在附近时,我们就扑倒在地。霍斯林太太把信转寄给我,我也不时送她罗马喷泉或女巫角附近海岸的风景明信片作为答谢。一张来自女巫角的明信片就在几天前寄达。我一切安好,我在明信片上写道,我的女儿还加上了一句问候语。因此,我死的可能性不大,但也并非不可能。风暴、漩涡和鲨鱼,意外事故和心跳骤停,也有许多人自愿离开这个世界。所以人们有充分的理由怀疑地摇摇头,但没有充分的理由把钥匙交给一个素不相识的陌生女人。

您站在这里,千真万确,泰希曼太太说,这话听起来不错,但站在这里的是谁?我们不认识您,也从未见过您。

我的名字并不重要,女人急忙说,我是得到授权的,这就够了。

为什么偏偏是您？泰希曼太太继续问道。

那个陌生人把头发向后甩了甩说，因为卡施尼茨女士孤身一人，因为她在这个世界上举目无亲。这时，在场的女人们都活跃起来了，开始七嘴八舌地发表言论。举目无亲，这不是真的，这太荒唐了。几乎每天都有客人来访，有朋友，有亲戚，电话铃经常响起，信箱总是满满当当。她们斩钉截铁地说着这些话，而令人吃惊的是，这位陌生人仍然没有被吓倒。她挺直身子，站在高高的楼梯上，大喊道，不是这样的，我知道得更清楚，她举目无亲，她在世上孤身一人。

到此便是我对那天场景的重现，故事还没有完全结束，但我在最后一句话上卡壳了，那句话萦绕在我脑海中，为了摆脱它，我在公寓里来回踱步，时而把头探出西屋窗外，时而把头探出东屋窗外。一个警察牵着一个小女孩的手走在大街上，我想，在那种情况下，人们必须通知警察，令人无法理解的是，这种情况没有立即发生。或许报警了？不，没有，泰希曼先生只是悄悄地跟妻子说了几句要报警的话，然后——或许根本不相干——那个陌生人就把她的杂志放进了公文包里，毫不仓促地离开了。她慢慢走下楼梯，就像一位被冒犯的女王，再也没有和任何人打招呼。

我一定要找到那个女人，我想，卖杂志的人就在街上或者公寓门口，她为什么没有再次出现在我们这片地区呢？我戴上手套，没有穿外套，外面依然很热，是个没有尽头的夏天。我下楼走到大街上，在一个个公寓门口、一扇扇房门前等待，也在小路上等待，还到未关门的商店里打听那个陌生女人的消息。但没有人见过她，甚至之前也没有，沿途只有一个磨剪匠和一个推着小车卖苹果的小贩，而他已经盖上车篷推车回家了。夜幕就要降临，白天越来越短暂，夜晚越来越漫长，即使最炽热的阳光也无法遮住黑夜。回家之前，我还去了趟警察局，但它现在已经搬走了。我突然感到疲惫不堪，不想再继续往前走了。我能够想象，警察会给我们公寓的人带来不便，甚至可能会责备他们。他们会被审问，被矛盾纠缠。那个女人戴帽子了吗？有人说戴了，有人说没戴，有人说当然没有，还有人说或许她戴了，到头来他们会像罪犯一样站在那里，尽管他们的行为非常合情合理，他们没有交出钥匙。他们不想跟警察扯上任何关系，这一点从他们当时没有报警这一事实中就可见一斑；那是一个如此可怕的人，她有可能会回来报复，比如在地下室的楼梯上放一捆麻絮并点燃它，像儿戏一般，因为不幸的是，我们公寓的门总是敞开着。

所以我没有进警察局，而是回了家。在家里，我冒出了一个想法，于是拿出我的记事本，它其实是一本日历，但每个日期旁边都留有足够的空间可以写字。突然间，我发觉六月中旬的那一天发生了对我来说极其重要的事情，但我不知道它为什么对我如此重要。

六月十三日，星期五；六月十四日，星期六；六月十五日，星期日。那个陌生人来公寓的日期并不确定。要求我的邻居们回忆起那个日子未免过于强求。六月中旬的一天中午，他们都是这样说的，排除星期五，因为霍斯林太太那时在陶努斯，排除星期六，因为弗洛韦恩先生星期六不出门，星期日不卖杂志。至于星期一呢，我楼上的女士请了清洁女工，她肯定也会出于好奇来到楼梯上的。所以只有六月十七日和十八日在考虑范围内。现在我正在日历上查找十七日和十八日。我不是弯着腰、站在收拾了一半的行李箱旁边做这件事的。恰恰相反，我在拉上窗帘、点亮落地灯后，就坐在书桌前，一切都颇为庄重，仿佛我将发现什么只有上帝知晓的秘密。然而，十八日根本没有任何记录，十七日的记录也很少，只有"喝酒""溺水""奥菲欧"这几个词，而且我也不明白是什么意思。

我常常在想，为什么人们只敢以加密或隐晦的方式写下某些事。那些人们日后可能会无情揭露的事情，此时此刻却尚未变样，仍有危险。此时，我也想到了这一点：危险、危险、危险的旗帜，一小块红布飘扬在海滩上方的竹竿上。风暴、漩涡、危险、禁止下水。但我突然意识到，六月中旬的那个中午根本不是这样。深蓝色的天空下，那片熟悉的镜面般的大海泛起细微的、几乎听不见声音的波浪，烈日炎炎，沙滩炽热。慌乱的时刻，令人生畏的那片海域，我独自一人游了出去。遮阳伞下的白沙上放着我的黑衣服、黑袜子和黑鞋子。康斯坦丝和她的朋友、马戈和工程师都去喝酒了，酒吧在几级台阶上，背对着水面，舞池边的音响大声喧嚷，低声呜咽，又归于沉默。几个英国孩子被叫去吃饭了，其他人都眯着眼睛晒太阳，一动不动。海岸边的水很浅，等我终于能正常游泳时，已经离岸边很远了，远到再也认不出那些面孔和身影。我仰卧在海水中，随着厚重的海水漂荡着，我不需要移动四肢，于是将双手交叉放在脑后。

那些房屋很小，森林高耸入云，山崖还要更高，喀耳刻的头颅痛苦地向后弯曲着，石化了。我想，可怜的女巫，你是个无能之人，你用尽所有的巫术也无法留住奥德修斯，想要离开的人就会离开，即使有人以永恒的爱向他许诺，也无济于事，注定流浪的人就会流浪，必然死亡的人就会死亡。之后我不再多想，继续向前游，在水下睁着眼睛，看我身下深不见底的细沙中的波纹。把头探出水面是件可怕的事，会有一种无与伦比的孤独感向我袭来，我应该游回去，穿上衣服去吃饭。但究竟是为什么，失去了一切，都没能把奥德修斯留下，奥德修斯，去吧，完成你的使命，去意味着死亡的伊萨卡。我不是女巫，也不是不死之身，我不需要变成石像屹立云霄，成为一座可怕的纪念碑。我可以饮酒，可以溺水，可以沉入深渊，可以升入高空，上天堂和下地狱没什么两样，哪里都有极乐之魂，你就在那里。一场意外事故，一次心跳骤停，没有人需要为此自责。饮酒，溺水，浪花涌起，海水翻腾，灰白色、青白色的漩涡压住我的胸口。水又深了一点，挤压着我的胸膛，压迫着我的喉咙，但笛声是从何而来的呢？康斯坦丝游泳时并不会带着笛子，沙子会毁坏它，更何况我离海滩那么远，根本听不到她的演奏。但我真切地听见了,那是一种完全不同于洛可可风和田园牧歌的全新曲调,是一种激烈而狂野的曲调。无论如何,就像你能在几秒内想到的那样,此刻我无论如何都不认为康斯坦丝就在这里,生活不是毫无意义的,我在这个世上并不孤单。因为我知道,孩子是孩子,他们有自己的未来,你可以为他们高兴,为他们愤怒,为他们担忧,而他们却帮不了你。但正是这神秘的笛声、这生命的呼唤把我拉到水面上,让我保持漂浮状态,喘气、咳嗽、吐水、仰卧休息,这时我开始划动手臂向岸边游去。康斯坦丝真的就站在岸边,手里拿着浴巾,生气地说,你为什么游那么远,难道你不知道会有鲨鱼吗?我们收拾好东西,我说,别忘了你的笛子,她却不解地看着我。那时是十二点二十分,我们公寓的陌生女人已经离开了,究竟是为什么离开,难道不是因为害怕警察?

我还是想知道其中的缘由,于是我从书桌前站起来,双目无神、双腿僵硬地走出门,按响了邻居家的门铃,她已经上床睡觉了,只为我打开了门上的一扇小窗户。

打扰您了,我隔着窗户说,我不太明白那个说我过世了的女人为什么最后离开了,我想知道。

您一直在想这件事吗?我的邻居说,我跟你说过,那些被宣布过世的人都很长寿。

但我还是想知道,我说。

我没有讲过吗?霍斯林太太和蔼地说,有人提到了您的女儿。那一刻,她放弃了,然后离开了。

霍斯林太太冻僵了,打了个哈欠,此时已将近十一点。

您报警了吗?她问。

我没有报警,以后也不会。

路

　　说着话,走啊走,沉默着,走啊走,提问着,走啊走,回答着,走啊走,指向某处,微笑着,说着"当心点",走啊走,说着"你还知道吗",说着明天的事情,说着"我累了,我走不动了"。真正同行的路——人行道,最后的行人是街上的一对夫妇,一对具有魔力的夫妇。有一次,我们穿过一片虚幻之境,走在一条纵贯咸水与淡水、潟湖与淡水湖的狭长沙滩上。我们的脚印踏过沙地,白沙从咸水区飞扬到淡水区,穿行在房屋间,并将其完全吞没。几十年后,那些房屋又重新出现在沙浪的背面,它们已被蚕食殆尽,白似鱼骨,安静可怖。穿行在咸水与淡水之间的森林里,我们眺望着远方,因为风暴的席卷早已让树木弯下了腰。远处,长着铲状犄角的神兽穿过林间小路,身躯沉重,步伐却轻盈灵动。我们坐在其中一座房屋的废墟里,用蓝色贝壳、十字架和星星拼出图案。沙子宛若时间,也在我们身上游走,最后身躯只留下洁白的骸骨。然而,当时的我们未曾深思,只是站起身,继续前行,头顶有候鸟在啼鸣。

还有一次，我们从南部的一个山庄走到海岸边。夜幕已经降临，太阳只余下最高石坡上的一簇霞光，在那儿舞动着，渐渐熄灭。这条路由平整的石头铺成，既陡又窄。左右两边是造纸厂，黑漆漆的厂房里传出阴森恐怖的声音，呼啸声和轰鸣声不绝于耳。一捆捆破布和孩子们严肃而苍白的脸，像蝙蝠一样挂在没有玻璃的窗框上。再往下走，山谷变得宽阔而明朗，人们正在收获葡萄，采摘树上的坚果。我们来到的地方是一座由楼梯和拱廊组成的迷宫，楼梯被粉刷成了白色，走廊上有房门和门牌号，窗户上布满了红色的天竺葵和啃着鱼头的黑猫。一旦有门打开，玻璃罩下的圣者蜡像就会僵硬而可怕地站立起来，会有脸色苍白而美丽的孩子从皱巴巴的床上爬出来，越来越多，如同沼泽里的幼虫。外面响起钟声，我们继续往前走，当我们走到海滩时，天色已晚，第一批渔民点亮了灯，划船出海去了。

在我的家乡，我们会绕着乌斯特罗姆河旁边的奥尔伯格景观大道走一圈，它虽不是人行道，却干爽宜人。小路穿过山毛榉林，通向葡萄园，在光秃秃的葡萄藤间延伸，厚厚的黄土粘在鞋上，我们不时用小棍刮掉它。绕山而行的小径上有深深的车轮印，蓝色的水面上倒映着天空。那时是圣诞节，但圣诞节在这里意味着什么呢，绝对不是下雪，而是紫罗兰花季、热风时节和这期间的晴朗。在这样一个阳光明媚的日子里，我们绕着山顶走了一圈，走过远古时代的洞穴，走过曾经系着小船的圆环，那时，海水正拍打着石灰岩。我们坐在森林的边沿，坐在犬蔷薇的攀缘茎和铁线莲的灰色绒毛之间，把带刺的树枝从彼此的脸上移开。我看见了飘动的云朵、白色的满天星、黄色树皮捆扎的淡红色葡萄藤、深蓝色天空下平原上波光粼粼的溪流，一切亘古不灭，一如既往。你看到了贵妇小径、勃艮第门、孚日山脉、侏罗山脉、历史漫游和军事冲突的发生地，一切都有其所属的时代，独一无二、不可复制的时代。我们彼此分享所见所闻。我们继续前行，莱茵河谷巨大而柔和的风催赶着太阳，在眼前火红的鱼鳞云中壮丽落幕。

我们在罗马城门前踏上了通往地下的阶梯，这里弥漫着腐烂与黑暗的气息，在你的烛光中，十字架和鱼的图案从大理石棺材的侧壁上浮现。一阵阴风吹灭了这唯一的光源，好久好久，我们都找不到走出迷宫的路，也听不到任何从上方传来的呼唤。终于重见天日时，我们拥抱着炽热的太阳，还有那长满小麦与葡萄藤的土地。之后,我们沿着亚壁古道越走越远,越走越偏,先是一条田间小路,然后是一条开满甘菊、法兰西菊和野生红罂粟的草地小径,我们向着群山和阿尔巴诺小镇走去。蟋蟀唱着歌,玫瑰色的晚霞映照在水管的弯头处,一个牧羊人肩上扛着一只刚出生的毛茸茸、血淋淋的小羊羔,跟在羊群后面。这条小路我们走过无数次,它随着岁月的流逝而变化,古老的罗马步道上铺上了一层沥青,夜色中一串发光的灯光在路面上移动,从未间断。我们不再步行,而是驱车前行,"主啊,您往何处去"①"塞西利亚·梅特拉",一切迅速后退,在汽车风驰电掣的郊外,千足虫也几乎同样迅速地向山里爬去。在古老的小酒馆里,无数身着白色制服的侍者为腼腆的富人们服务,伴随着震耳欲聋的呼啸声,飞机疾速从空中向机场俯冲。尽管如此,一切都没有消失。蟋蟀在晚上收起歌声,玫瑰色的灯光伫立在水管的弯曲处。

蘑菇路是蜿蜒的波浪线,呈之字形,我们发现了它,又奔向它,它的希望具有欺骗性,我们只能前进或后退。森林里氤氲的雾气、凤仙花丛生的荒野、常

---

① 原文为拉丁语,语出《彼得行传》。

春藤缠绕的树干犹如戏剧背景一般虚幻，只有白色的菌盖、沙褐色的块茎、灰色的树篱、黄色的珊瑚才是真实的。呼喊声、鸣笛声此起彼伏，我们弯腰的身影早已沉寂在秋雾和沉沉的夜色中。有一次，我们正在黑森州的林间草地上寻找蘑菇，一架飞机又低又快地飞来，机枪嗒嗒作响，我们扑倒在刚刚站立的地方，脸埋在黑莓灌木丛里，再爬起来时，身上沾满了紫红的汁液和鲜血。采集的一小袋蘑菇不见了，我们像寻觅圣杯一样寻觅它。仿佛一切只是这顿晚餐造成的，让我们生命和爱情的延续都成了问题，我们在逐渐昏暗的森林里悲伤地继续前行。所有的蘑菇都爬回了地里，小镇里汽笛的警报声像一声沉重的叹息，消失了。我们又饿又累；我们从未想过这会危及我们的生命。

我们必须一直走，一直看，一直走，一直看，即使是在糟糕的时候，即使是在除了丑陋的东西什么都看不到的时候。我们漫步在郊外，走过布满高射炮碎片和炸弹坑的灰色草地。那些道路是蜿蜒穿过废墟的乡间小道，时而上坡，时而下坡。木葵花长在山上，所有房子都在山下，里面还有死去的人们。我们穿着破烂不堪的鞋子，走得脚痛，但随着一阵微风拂过，我们的精神也为之一振,映入我们眼帘的不是残垣断壁,而是第一批重建的屋顶、第一批黄色的窗户防风垫,无所事事的胖妇人们将胸口贴在上面,只为望见节日里的街道。我们沿着铁路线走着,破烂不堪的小火车在铁轨上踽踽前行。其他灯火通明的快速列车也在那里行驶,但没有人可以登上这些列车,它们以闪电般的速度穿过被污染的土地,没有停歇。我们的目光追随着这些列车,我们衣衫褴褛,鞋底磨破,紧紧地相互依偎在一起,看着彼此幽绿的脸庞,我们一切都很好,我们谈论着称之为和平的未来。

异乡人想步行去马拉松市是件不寻常的事,公共汽车停在空旷的道路上,看看那些穷人吧,他们不知道该往哪里走,这里没有路了。蔚蓝的天空笼罩着伊奥尼亚半岛,伊米托斯山上空雷云密布,秋分的暴风雨昭告着自己的到来。我们在一片荒芜的橄榄树林中向海湾走去,找到了这座古墓,这座万人冢,胜利历经千年,已不再熠熠生辉,只留秋天的一派萧瑟。一位矮小的老农平静地站在邻近的农舍里,他那头黑眼睛周围长着浅杏仁色毛发的驴在吃草,他的妻子在农舍墙边的三脚火炉架上煮粥。他给了我们葡萄酒、橄榄和无盐圆饼,还在蓬松的棉花丛边为我们指明了一条通往海湾的路。橄榄树落在了贫瘠的小房子后面，小路的尽头是蓟花与荆棘。在泥泞的沟渠里，两个紫色的蓟花头缓缓漂浮，两条被遗弃的小狗在彩色的小木棚里呜咽，小木棚的门上歪歪扭扭地写着"绿洲酒吧"几个字。海湾的海岸壮丽非凡且鲜有人至，是一片留存着沙丘的史前海岸，海水把结块的海藻和植物残骸带到海滩上，又在海滩上将它们建造成形状怪异的灰色堤坝。在被柔软海藻缠绕的浑浊潮水中，我们朝着伊奥尼亚半岛游了一段路，然后掉转方向，穿上衣服，在蓝天与被闪电穿透的乌云下回到街道。在这片孤寂之地的黑暗荒原上，我们努力了解神庙的奇迹。

在环形大道上，我们经过了老树、苏格兰门、棱堡、大学、城堡剧院、市政厅、贝拉里亚、霍夫堡皇宫和歌剧院，你讲述着年轻时的往事与青春故事，讲述着你们如何互相说着玩笑话，我们俩一个扮演好奇的异乡人，另一个扮演乐于助人的讲解员，讲解员把一切都讲错了，把市政厅说成官邸，又将歌剧院当成大学，直到同车人忍无可忍，不满且愤怒地插话。傍晚时分，我们坐在兰德曼咖啡馆里，我们是从一片让你伤感的城区远道而来。这里有充足的空间、百合花一样的街灯、和煦的秋风、穿过公园的小路和人民公园里盛开着的所有玫瑰,还有那些大型公共建筑、圆顶和塔楼,展现出铁甲骑士染上月色的刚强之美。在这条路上你经历了许多事情,有的是亲身体验,有的是道听途说,你谈到了亲身经历的事,可最终打动你这个从城市归来的游子的,竟是那些道听途说的事。烛光在宫殿里摇曳,那里为异乡人举办了音乐会,但你并不想进去,只是如同一名守卫一般,每天晚上在歌剧院和苏格兰门之间徘徊,因为一场完全亲身经历且不可避免的灾难降临到我们身上。如果说我从年轻时就许愿将来通过魔法进入你的身体,用你的眼睛看世界,那么现在我做到了,因为世界早已被摧毁,无论是被危险的黑色烟雾团团围住的市政厅塔楼,还是铁甲骑士,都在你的眼前化为乌有。现在,你我融为一体,我回答着自己的问题,也从你的眼中看到了自己——你孤立无援的爱人。身后的火炬游行队伍向我们走来,他们每晚从城堡出发,喃喃地念着亡灵的祷文,为逝去已久的哈布斯堡家族祈祷,也为我们自己祈祷。但你并不想听到这些,你惊恐地迈着不安的步伐,大步逃向内城,逃向狭窄且安全的街道。从那以后,一切都变了,我们只剩一条通往黑暗的路,我们再也没有未来了。

现在,我们又身处那片虚幻之境中,踏上了那条纵贯咸水与淡水的狭长沙滩,我们的脚印踏过沙地,白沙飞扬流动。松树在风的席卷下弯下了腰,长着沉重犄角的神兽迈着轻盈的步伐穿过林间小路。我们坐在流动沙丘留下的一座房屋废墟里,用蓝色贝壳、十字架和星星拼出图案。沙子宛若时间,也在我们身上游走,最后只留下洁白的骸骨。然而,我们没有深思。我们已然逝去,头顶有候鸟在啼鸣。

前往耶路撒冷的旅行 ①

去年五月,一种神秘的疾病在我们城市蔓延开来,在接下来的几个月里,大部分居民都被感染了。医生们对这种疾病的诱因和特性一无所知。他们用常规的强化剂和抑制剂治疗病人体力衰退和异常焦躁的症状。据说,他们在等待第一个死亡病例,打算对其解剖,以便根据结果进行下一步的研究。在研究诊治期间,他们自己也病倒了,但他们仍在努力安抚病人的情绪。这些病人尚无须卧床休养,大多数患者几乎每天都会去诊室看病,生怕错过新的疗法,或遗漏新的消息。医生们向病人保证,尽管他们异常虚弱,还会神经抽搐,但他们的器官是健康的,没有必要担心。只要医生还与他们交谈,病人就会完全相信这一点。他们情绪高涨,甚至还能开玩笑。但这种欢愉并不会持续太久。当他们走到街上,目光所及之处满是

---

① 这是一个德国民间游戏的名字:参与者站在椅圈外,一个人弹奏或演唱歌曲《前往耶路撒冷的旅行》,音乐停止立刻抢椅子坐下,没抢到者淘汰并拿走一把椅子,重复此流程,直至抢到最后一把椅子者获胜。

愁云密布、因刺激而抽动的面孔时，就会再次陷入往日的阴郁和恐惧之中。

待到夏末，整个城市的氛围已经降至冰点。由于潜在的感染风险，夏天期间任何人都不可离开市区，这一措施让我们所有人陷入异常低落的情绪中。我们中的许多人都狂妄地认为，旅行是治疗的唯一良方，就像重病患者坚决地想要远离病床一样，因为他相信自己终会且只会在那里撒手人寰。死亡通常被视为最后的解脱，但至今仍未有人去世，我们开始互相观察，并在我们最亲爱的朋友脸上寻觅死亡的阴影。

我要告诉你的怪异事件发生在十月的某三天，发生在我医生的候诊室里。这位医生非常有耐心，所以很多病人反复来就诊。第一天，早上九点钟，候诊室就已座无虚席，许多人只能站在座椅之间。室外阴冷潮湿，充当候诊室的大前厅却灯火通明，挂钩上的冬衣们紧密相拥，它们的主人却蹲在旁边，面无表情地沉默着。突然，一个操着外地口音的男人讲起了故事。没有人愿意听他讲故事，毕竟我们又不生活在东方国家，这故事和我们的处境又有什么关联呢？这个站在后边、靠着墙的男人并没有被我们愤怒的清喉咙声打断，刚开始，他的声音听起来和我们的声音一样虚弱枯败，可它随着他的讲述变得越来越有力，这让我们既惊讶又愤怒。我转头看向他，他脸色苍白，和我们一样：身材中等，中年模样，衣着寒酸，长着一双孩子般明亮而充满好奇的眼睛。他讲述的故事令人作呕，那是一个人在监狱里被老鼠吃掉的故事，其中还穿插着其他各种同样不愉快的经历。但是，就凭这位叙述者讲述这些可憎故事的倔强勇气，我们最终都专心致志甚至兴致盎然地聆听起了他的讲述。

当天的问诊时间提前结束了，所以到了第二天的同一时间，候诊室里的人和昨天相差无几，其中又有那个异乡人。他还是靠在那堵镶板的墙上，位置和昨天一样。当他打算再次讲述时，立刻就收获了一批聚精会神的听众，他们像在剧院或音乐会上一样，对踏入候诊室的听众发出愤怒的嘘声。不过，他们很快就发现，不知是因为虚弱还是不情愿，这个异乡人压根儿没想讲故事。他说完一句话便停顿很久，然后再说一句话，接着又继续停顿，如此反复。这并不会让人兴致盎然，因为他说的话并不连贯，也没有什么特别之处，简直是驴头不对马嘴，很难理解为什么我们会那么认真地倾听，为什么每个被叫去问诊的人起身时都犹豫不决，甚至有些勉强。或许是因为他所说的每一句话都会唤起我们的某些记忆或希望,可以说,这些记忆或希望耸立在虚空中,变得异常巨大又无比沉重。

接下来的一天,候诊室里的气氛轻松愉快,甚至是幸福洋溢。那位异乡人想出了一个大家可以一起玩的游戏,并已经开始发布指令了。游戏需要用到很多椅子,其中一些还得从医生的餐厅搬来。我突然想起,这里应该摆放一架钢琴,有人演奏《前往耶路撒冷的旅行》,钢琴声戛然而止,每个人都需要找到一个座位坐下,但并不是每个人都能坐到椅子上,椅子太少了。太不可思议了,我想,在候诊室里做这样的事情也太疯狂了,难道我们是小孩子吗?但我什么也没说。我站了起来,开始和其他人一起围着一排椅子转。虽然没有钢琴,但异乡人用手指敲着一面可能是从医生餐厅拿来的鼓,发出令人既陶醉又害怕的节奏。我们向前走着,咯咯笑着,窃窃私语着,随后不再交谈,越走越快,越走越快,小步奔跑,蹭来蹭去,一直在等待鼓声停止。时候到了,我们冲向椅子,恐慌和愤怒取代了欢快的笑声,仿佛找到一个座位是最重要、决定生命的大事。突然间,所有人都坐了下来,没有人站着,椅子根本不少,为什么会这样呢？因为那个异乡人摔倒了，他竖卧在门边的地板上，死了。

从我们在候诊室里玩幼稚的游戏那天算起，这件事已经过去快一年了。这种疾病几乎被治愈了，即使是最糟糕的病例也在好转。有可能，但不能完全肯定的是，我们这座城市的得救要归功于第一个死去的人，那个讲故事的人，那个演说家。当时在其他地方，比如美国或澳大利亚，可能已经找到了治疗这种险恶疾病的方法，毕竟医生对此研究已久。即便如此，我还是会经常想起那个特别的异乡人。我试着回想那个不愉快的故事，用手指敲打他击鼓的迷人节奏，努力记下他在长长的停顿间隙说过的语词：黑莓树篱，雨，冰花，午夜……事情就仅仅是我所说的这样吗？

克里斯蒂娜

我简直无法形容我丈夫最近的样子——他一动不动地坐在房间中央，凝视着前方，目光要把人望穿，仿佛那里什么都没有，没有那具有手有脚、穿着衣服、系着围裙的身体，更不用说他的妻子了。乔治，我尽量让自己的声音听起来欢快些，别傻傻地看窗外了，到花园去，去把玫瑰花盖好，今晚有霜冻。我当然可以自己盖好玫瑰花，或者派一个孩子去，因为我并不是那种指使丈夫做这做那的女人，我丈夫还从未洗过碗。但对于他请病假这件事我一点也不开心，因为他根本没有生病，我也不喜欢他坐在家里琢磨一些愚蠢的想法，我已经知道这些想法是什么了，它们并不像您现在认为的或者您猜想的那样简单平常。

一个年近五十的男人，同时也是四个孩子的父亲，还有一个臀部有些肥胖的妻子，这些都再平常不过了。男人无法想象自己也曾为爱痴狂，每思及此，他就感到尴尬。但他想再来一次，在生命中再一次为爱痴狂，哪怕只是想一想也好，是的，最好只是想一想，因为无论是照顾妻子还是长大的孩子都不是一件易事。当他和全家人带着早餐篮坐在沙滩上,看着跳水板上的女孩们时,或者当他在傍晚窗前的街道上,看见所有商店都打了烊,女孩们手挽着手散步时,他就会产生这样的想法。五十岁左右的男人就是这样,这总会过去的,没必要为此生气,最明智的做法就是假装没有注意到。当我丈夫站在窗前时,我确实会不高兴,尤其是当他坐在房间中央,既不看报纸也不做其他任何事情时,我就更不高兴了,因为我知道他这样做的原因。他这么做并不是出于对年老的恐惧,而是因为一段特殊的过往。

鲍诺曼太太,请务必让您的丈夫尽快忘掉这一切,我们的家庭医生曾这样建议。实际上只有孩子们生病时,我们才会请他来,因为我们俩都没生过病。那时我和我的丈夫还很年轻,他三十八岁,我三十二岁,孩子们也还很小。我丈夫当时已在古特曼公司任职,直到现在他还在那里工作。但那时我们还不住在这里,我们住在郊区的一个住宅区里。那是一个穷人住宅区,一座座的小排屋还没完工就已破败不堪。在那件事情发生后不久,至于那件事情是什么,我马上就会讲述,就在那不久之后,我们就搬走了,我坚持要搬走。这确实没什么,只不过是一直望着前院的小花园、紫苑花坛和一个孩子冻得发青的小手曾紧紧抓住过的铁栏杆，那孩子的一缕金发在铁栏杆上挂了很久，没人敢把它拿走扔掉。

当然，现在您或许会认为，是我们孩子的头发挂在铁栏杆上，让我的丈夫难以忘怀。但事实并非如此。我们的孩子们都长大了，他们一直都很健壮，在学校表现也相当不错。他们给我们带来了欢乐，是的，他们也给我丈夫带来了欢乐。我丈夫从来没有像现在这样看着他们，这么冷漠、近乎反感地看着他们，有时甚至带着厌恶的表情，就像看着一只令人讨厌、恶心的动物。

大概在十天前，是的，整整十天前，那是一个星期天。尽管星期天我们更喜欢待在家里，孩子们也更喜欢睡个懒觉，下午再和他们的朋友一起玩，但我们现在拥有了一辆汽车，所以我们经常在星期天出去玩一整天。吃早饭时，我们就在考虑去哪里游玩，对此我们往往难以达成一致。儿子们没有睡够，心情不好，女儿们脸上涂满了面霜，说星期天皮肤需要休息。所有的孩子都懒洋洋地打着哈欠。我丈夫把地图摆在面前，建议去这个或那个地方，但总有人反对，说这里没有湖泊，那里没有森林，这里很无聊，那里又太安静。我试着缓和气氛,告诫孩子们不要乱讲话,不要把餐巾纸揉成一团扔在桌子上。但我并没有把这一切当回事,我丈夫也从来没有把它当回事,只是那天所有的事情都让他感到恼火和不安。他说贝波的指甲脏了,还说朱迪太胖了,穿不上长裤。孩子们当然不同意这些说法,贝波解释道,如果他要去捡煤球,指甲就不会干净,朱迪说,我屁股上的肥肉也不知道遗传谁,明明妈妈已经很漂亮了。朱迪说的是事实,孩子们也的确很胖,发育得一点也不好,手指胖乎乎的,脸也很宽。但这真的不是他们的错。这不是他们的错,也不是我丈夫当年那样做的理由,他站起来,把地图扔到地上,大叫着,为了你们,为了你们!然后发疯似的跑出房间。

当然,现在我知道了这些话——为了你们,为了你们——到底是什么意思,但当时我并不知道。那时我坐在桌边,安抚着孩子们,此外并无其他特别的事情发生,但就连最小的孩子乌维也自言自语地嘀咕了一句,可能不太对劲。这话很无礼,却被我放在了心上,因为我觉得有些事情真的不太对劲。最终,在那个星期天,我们独自外出了,并没有带着孩子们。我们散了散步,在森林里的一家咖啡馆喝了杯咖啡。我丈夫一直没有说话，他的情绪很低落。当我们坐在森林咖啡馆时，一群活泼的年轻人也在那里划船跳舞，以此度过一个下午。他又开始盯着那些女孩看，但他的目光不同于一个喜欢冒险的人的目光，他严肃而专注，好像在找一个人，一个非常确切的人。突然，一个年轻女孩从我们桌前走过，就像现在人们司空见惯的那样，她和一个年轻男孩手牵着手。女孩有着一头顺滑的浅黄色头发和一张精致的、几乎半透明的脸。我丈夫直起身来，仔细打量着那个女孩，然后他把头埋在双手里，沙哑、艰难又绝望地说，这可能就是她。现在，我一下子明白了他的意思，也知道他为什么在早上会说为了你们，为了你们；我的一切努力都白费了。

我的一切努力，虽然这听起来如同真有过决议和计划那样正式，但我从未做过任何确切的打算，也从未制定过计划。当时我只想离开——离开公寓，离开邻居，离开熟人，去城市的另一端。这是一个目标，也是我想做的事情，在离开后继续寻求其他目标和努力的方向。我并不贪图钱财，那间又小又破的公寓已经让我十分满足，我对丈夫也不抱有任何野心，他只要挣到足够的钱，让孩子们能够学点东西就可以了。

但现在我开始敦促他，他应该继续努力，晋升到管理职位。晚上，他与书为伴，他也以此为乐。几年后，他真的当上了部门主管，我们在晚上举杯庆祝，甚至叫醒孩子们，和他们碰杯、喝酒并说着干杯。这时我忽然又想起之前住宅区的家庭医生，看着丈夫，心想，他已经忘记那件事了，我们跨过这道坎了。但我现在明白，这道坎我们从未跨过。为了你们，为了你们的意思是，为了孩子们，为了妻子，为了家庭的生活，他承担起无法推卸的责任。当我丈夫看到森林咖啡馆里那个美丽温柔的女孩，说那可能就是她时，他想到那个曾经在我们家花园门前被杀害的孩子，她在被杀害之前曾凄厉地大声呼救。

当然，这不能怪我的丈夫。如果问到底谁该担负起这个责任的话，那无疑是我。我已经和丈夫说过上百次了，在那时，当警察来的时候，他仿佛精神崩溃——眼睛瞪得大大的，手不停地颤抖，嘴角流着口水。我把这件事告诉了警察，他们试图让我丈夫冷静下来，他们说，只会对我们进行证人问询。作为证人我们也参加了庭审，没有人对我丈夫提出任何一条指控。我们只需说出谋杀是如何发生的。事情的经过是这样的：因为身体抱恙，那天我丈夫待在家里，并非像现在这样装病,而是真的病倒了。那是他能够下床的第一天,他站在窗前,我正在收拾桌子,也刚刚抬起头望向窗外。一个瘦削的、有着浅黄色头发的孩子沿着人行道跑过来,我们并不认识她,一个高大笨重的男人跟在她后面,这个人我们也不认识。这个孩子看到了我们,或者说,至少看到了我丈夫,她开始尖叫并摇晃我们紧闭的院门,那个高大笨重的男人扑到孩子身上,把手伸进了她的头发里并从后面掐住了她的脖子。在她发出第一声呼救的几分钟后,她就说不出话了,这几分钟里,我丈夫转过身,想要出去,但他并未成功,因为我紧紧地抱住了他,手指像爪子一样抓住了他的袖子,他甩不掉我。别去,我因害怕和恐惧声嘶力竭地说,想想我们的孩子,别去。因为我的话,本可以抽身离开的丈夫愣了片刻,这片刻已经足够让外面的陌生男人拧断那只呼救的小鸟的喉咙了。这些我们在法庭上全都说出来了。此外,我们在法庭上还了解到一些案件信息,孩子的名字叫克里斯蒂娜,今年七岁,在我们这条街上只住了几天。我们还听说,凶手是个疯子,他认为自己受到了全世界的迫害,几分钟前他还被其他的孩子戏弄过,他认为自己必须报复回去,或者必须保护好自己,以免受到未知事情的伤害。但现在我问您——这事跟我们有什么关系呢?

这与你有什么关系呢?我当时也曾这样对我丈夫说,我还说,很多孩子在很小的时候就去世了,他们有的被车辗死,有的得了小儿麻痹症,有的患上了肺痨,孩子去世,成年人去世,这是世间常态,世界上每一秒都有人死去,每一秒都有人咽下最后一口气,即使他们没有紧紧抓住花园花架的铁栏杆,他们也会紧紧抓住床单,紧紧抓住大地,紧紧抓住想擦干汗水的手。我说,早早离世是命中注定,谁知道在这孩子身上还会发生什么,或许还会发生更糟糕的事。虽然当时我把这孩子抱进了屋子,把她那张因恐惧而扭曲的小脸紧紧贴在了我的胸口,但现在我仍会这样说。也许有人会因此而怨恨我,但没有办法,相较于一个名为克里斯蒂娜的陌生小女孩,我的丈夫是我更亲近的人。在整个审判过程中,我只是看着丈夫困惑而苍白的脸,除了愤怒地想为什么这一切要发生在我们身上,我什么也做不了。为什么这个孩子要走在我们这边的街道上?她明明住在街道的单数一侧。为什么这个疯子偏偏在我们的花园门外追上了她?为什么偏偏是我丈夫在家的日子?为什么偏偏是我们在客厅的时候？通常这个时候我们都在厨房。为什么一切的一切顺着这样的轨迹发生，以至于我丈夫无法放下他本可以救下这个孩子的想法……

我想，现在我知道了，他的一切，无论是工作的晋升，还是属于自己的房子，抑或美好的生活，都无法让他摆脱这样的想法。我知道他恨我，因为我当时抱住了他，我知道他恨孩子们，因为他们健康又强壮地活着。从我们去森林的星期天起，我就一直在观察他，有时我真想愤怒地摇晃他。我想大喊，快从这愚蠢的梦里醒来，如果不让这一切远离我们，人们都会看到我们的下场：孤独、忧郁、失常。正确的做法是自然而然地接受一切，并把这件事做到最好，而不是追随一个幻影，一个甚至都不认识的、已经去世十年的孩子。

但有时我也认为，并不是负罪感给我丈夫带来了困扰和折磨。这个死去的孩子对他来说意味着优雅和美丽，她离世太早了，她并没有真正了解这个世界的险恶，所以她一直是那么优雅，那么纯洁。我偷偷地承认，虽然对于女人而言，一切事情都要有其发生的意义和逻辑，但男人则不同，他们可以追求梦想，可以为这个世界的疯狂和不完美而感到忧伤。我也偷偷地承认,当我刚刚走进花园时,我也为这个世界的疯狂和不完美而忧伤。我丈夫站在花园里,用杉树枝和旧麻袋把玫瑰盖住了。他现在正看着那棵白桦树,用树叶把树上的害虫包住,一副不高兴的样子。我望着他,即使是在我们结婚的最初几年我也没有像现在这样深切地爱着他。但我不敢把这告诉他。于是,我只是把手非常轻柔地放在他的胳膊上,说了一句非常感谢。他惊讶地回头,脸上并无不悦之意。

陌生之地

现在很多人谈论恐惧,谈论那种奇怪的不适感。恐惧并非突然产生的感觉,而是一种持续的状态,难道不是吗?在某种意义上,就像坐在黑暗之中,头发乱糟糟的,什么特殊的事情也没发生,只是仿佛这个空间里什么都不复存在了,地板和墙壁消失了,只剩你在那里,坐在椅子上,手指蜷曲着,头发乱糟糟的……

当然,东西并不是真的消失了。它们只是变得陌生,失去了它们自身的意义,外形也面目全非。处于四面墙中央的我们被幻影、迷雾和未知包围。在我们认识到这点之前,我们感觉好像来到了一个陌生的地方,听不懂当地的语言,置身于一个可怕的、完全陌生的世界。

如果我从未和这两名飞行员一起见证过这段历史,我可能不会知道这意味着什么。人们认为,我们都已经历千锤百炼。正如人们所说,如果不卧倒或躲藏在沟壕里,我们就将面临死亡的威胁。而无论如何,随后我们还必须立即起身,继续赶路。

我想要介绍的这两位勇士比我们之中任何一人都经历过更加危险的境遇。他们曾多次在航行中迷失方向，遭遇暴风雨，穿越冰冻云层，也曾多次在防御战斗中损坏机翼。但在战争结束后的一个秋夜，他俩坐在我身旁，恐惧得发狂。我注视着他们，终于明白这是怎样的恐惧，这是对陌生人和陌生之地的恐惧。

人们一定对我家乡的深秋夜色有所了解。这样的场景人们也肯定经历过，白天的森林是如此美丽多彩，红色和黄色交织，但在夜晚来临的那一瞬间，它变得漆黑又陌生。刚刚它们还是草地的一部分，是一直延伸到山脉上的金色挪威峡湾的一部分，是现已挂满葡萄的厄斯特罗姆葡萄园的一部分。但到后来，当黑夜来临，它们就变成了覆盖着群山的广袤森林的一部分。从陌生幽谷吹来的山风拂过它们，灌木丛发出的声响和乡村夜晚里的宁静泾渭分明。

那些在白天无数次走过蜿蜒小道的人，夜晚当然也能找到路。但两个第一次来这里的人应该怎么走？两个男人因为无聊开车离开了那座城市，他们曾经坐在城市的办公室里，签发证件，病态地渴望着机器和战争带给他们奇妙又惊险的生活。

起初，一切都进展顺利。天空还很明朗，即使穿行在密林里,每片叶子也都清晰可辨。他们绕过那座可以从屋顶俯瞰整个河谷和对面山脉的水屋,沿着森林公路继续行驶,绕过了一个又一个相距不远的弯。他们带着一把步枪出发了。中尉把钥匙装进兜里,关上车门,中士则背着那把枪。进入一个小峡谷后,他们没有把枪放在一片空地上,而是放在了狩猎处,因为森林里根本没有空地。顺便说一句,这里很长时间没有野兽出没了,但这两位陌生的访客对此一无所知。他们坐在那里,听着森林里的动静,等待着。天很快就黑了,比他们想象中要快得多。中尉点燃了一支烟,中士也点了一支,他们是老战友了,就这样挨着在树干上坐了一会儿,心情舒畅,仿佛不是坐在城市里,而是坐在机场里等待起飞的命令。不同的是,机场里总是人声鼎沸,引擎声此起彼伏,红绿灯交替闪烁,但这里黑得可怕,静得可怖。所以中尉突然站了起来,扔掉了烟头,然后他们就出发了。但他们行进的方向出现了偏差,艰难地穿过了前面的一片杉树幼林和长满荆棘的斜坡,荆棘划伤了他们的手。大概一刻钟后,他们才重新回到公路上,在这段时间里,他们变得相当愤怒,这该死的森林,这该死的地方。突然,他们定定地站住了,因为他们感觉到了脚下的路,现在也能更加清楚地辨认出道路的拐弯处和停在那里的汽车,在灰色蜿蜒的缎带上,黑乎乎的,没有形状。可能就是在那一刻,恐惧笼罩了他们。

我当然也无法详细说出山上到底发生了什么。我只知道在夜晚的森林里,会突然刮起一阵不知来自何处的风,沙沙作响,就像一大群幽灵般的动物在林中穿梭。似乎一切都幻化成了阴影和黑暗。但这阴影并非一动不动,相反,它们躁动不安,四处乱窜,就像一个想要躲藏起来的坏蛋。所以当这两个只知道浩瀚天空的男人站在黑夜密林之中,冒出自己突然看到幽灵的想法也就不足为奇了。一阵风吹来,树叶沙沙作响,汽车周围的树影来回游走。人们可以把树影幻想成很多事物,这两人或许把所有的可能性想了个遍。否则他们肯定不会把车丢在树林里跑下山去,惊慌失措地跑到水屋,再沿着大路下坡跑进我们村。他们更不会去找村长,请求他上山把车开回来。如果村长没有把我们喊过来,说这是为了更好地沟通,我们也不会和陌生人一起坐在村长家的厨房里,共同度过大部分时间相顾无言的一个小时,实际上村长只是担心把妻子一个人留在家里罢了。

当然,刚开始我们交谈了几句。这两个陌生人站在房间中央,他们个子并不高,穿着破旧的制服,脸色阴沉,一点儿也不友好。我们解释了来意,中尉也讲述了他的遭遇。他说,森林里有人,他的汽车旁边也有人,他看得很清楚。

谁在那里?我惊讶地问道。

中尉愤怒地看着我说,我想你应该比我更清楚。我们翻译了他的话,他把车钥匙递给了村长,村长就迫不及待地出门了。村长心地善良,他只是担心坐在卧室里像老鼠一样安静的妻子罢了。他不知道的是,在这一个小时里,这两个陌生人压根儿没有看他的妻子一眼,他们不会关注这个世界上任何一个有夫之妇。

你们不坐下吗?我过了一会儿问道。

两个人迅速交换了一下眼神,然后坐在了墙角处长椅的一侧,并把手放在了空桌上,卡尔和我则坐在另一侧。我注意到,中尉已经长了白发,中士的右手也失去了一根手指。我还注意到卡尔装出了一副彬彬有礼的样子,但他就像一个被告人或人质般痛苦地坐在这里,毕竟我们只是来村子做客,整件事和我们有什么关系呢。我开始拼命思考如何才能让这三个人开口聊天。

一直板着脸、呆坐着、双眼盯着对方，真的令人坐立难安。我们都是人类，不是吗？我们可以谈论食物或天气，或许我们就会发现彼此相通的不朽灵魂。但如果我们一直保持沉默，恐惧就很容易将我们包围。恐惧产生于一个或两个人身上，它看起来似乎有明确的特征，但实际上，它只是一种无处不在并异化了一切的陌生感。因此人们眼前浮现了一张逝去之人的面容：一只在天花板上徘徊的眼睛、另外一只紧闭着的眼睛、一只出现了两三次的鼻子、一个像尖石一样卡在胸口的下巴。人们从窗户望出去，房屋正在倒塌，像黑色馅饼一样散落，下面还有虫子在蠕动。人们听着厨房时钟的滴答声，每一次微妙的嘀嗒音都仿佛变成了可怕的节拍，它来自一部永不停歇的世界时钟。

我们之间开始蔓延的奇怪气氛几乎让我窒息。后来，我注意到中尉制服上一个类似飞行员徽章的东西。这个发现虽然并没有增加我对他的好感，但把我拉回了真实世界。我想，他是一名飞行员，一个只知道起飞、投弹、返航、着陆、喝酒、向靶子射击、说晚安的人。但是，我的注意力并不在此。我下意识地说出了一个挂在嘴边的名字。

我不能确定每个人都听说过这个名字。当飞机还是一个摇摇晃晃的小盒子且无线电连接还非常不完善时，他就已经驾驶飞机了，他用一种奇妙简单且通俗易懂的方式讲述了他的经历。因此他成了飞行员的代言人，他们曾看到太阳从大海中央升起、彩虹横跨草原，他们相信这些故事会让人们变得更美好、更自由、更有爱。同样，他也替所有因喝酒而喉咙嘶哑的人发声，因为除了酒之外，他们无法用任何其他方式跨过天地之间可怕的鸿沟。

圣埃克苏佩里[①]，我在寂静中说道。

当陌生男人们听到这个名字时，他们冰冷的脸上恢复了一丝生机。

你认识他吗？中尉迟疑地问。

我读过他的书，我说。

我没读过他的书。中尉说。但我曾在他的中队服役。

真的吗？我惊讶地问。

[①] 安托万·德·圣埃克苏佩里（1900—1944），法国作家。他是法国最早的一代飞行员之一。1944年他在执行第八次飞行侦察任务时在地中海上空失踪。其作品主要描述飞行员生活，代表作有小说《夜航》，散文集《人的大地》《空军飞行员》，童话《小王子》等。

是的，中尉认真地说。

他真的死了吗？我问道。

这位中士也曾在他的中队服役，中尉看着中士说。

他没有回来，中士说。他在某一天消失了，就再也没有回来。

人们当时没找到他吗？卡尔问。

没有，中尉说。

至今还未找到，中士说。

我们又陷入了沉默，但这次和上次有所不同。我回忆着我读过的圣埃克苏佩里的书，试图回忆起书里的各种细节，试图回忆起围绕着萨拉曼卡号角跳的舞蹈，回忆起防卫炮弹上的黑色头饰，炮弹在阿拉斯上空燃烧。但是，对我而言，所有的这些都比不过他最后一本童话书中塑造的那个稚嫩的男孩形象，那个经历了痛苦的爱情并寻求友谊安慰的孩子。中尉说，那是在战争结束的前夕，接着他开始讲述战争的最后时刻。只要他一停顿，那个为地球上的朋友赢得了一只狐狸的小星球漫步者的话语仿佛就在耳边萦绕。小王子说，我找到了世界上独一无二的朋友。

卡尔说，也许他受到了伤害。

只有用心才能看见①，小王子说。

中尉用手撑着头说，可能他最终还是被敌人发现了。

我没有再继续说话，但这也已无关紧要了，他们开始互相交谈了，不再把目光放在对方的胸膛或手上，而是互相对视。这位死去的飞行员就像一团火焰站在房间中央，把他璀璨的光芒投射到我们脸上。但之后发生的一件事却以最不齿的方式熄灭和驱散了这柔和的人性光辉。

我突然想起自己还有事情要做。我们又变成了总是计划着做些事情并且不得不做事情的人。我必须还清欠邻居家的一小笔债务，现在我很快就可以还清，因为我和卡尔是很好的朋友，我可以随心所欲，想做什么就做什么。

我低声对卡尔说了我的打算，然后在桌上伸出手，请他借我一些钱。卡尔把手伸进了上衣口袋，纸币和硬币散落在口袋里，但为了把它们拿出来，他不得不先拿出口袋里的一个东西放在面前。那是一只手

---

① 原文为法语。

电筒，一只呈野战灰色、形状也不规则的手电筒。砰的一声，它被重重地摔到了桌上。

这些声音引发了短暂却激烈的骚乱。两名飞行员猛地跳了起来，仿佛已经全副武装，实际上他们只是突然握住了左轮手枪。我们当然也跳了起来，四个人紧靠着，站在一起对峙着，急促地呼吸着，无言地沉默着。就在此刻，中尉看到了桌上的手电筒，他放下手说，您请坐。但我们仍然一动不动地站着，相互凝视着。

这时，外面传来了汽车引擎的嗡嗡声，村长把车从山上开过来了。村长家的地势比较高，我们可以清楚地看到他换了一个较低的挡位，把车开到了院子里。当他走进房间，我们都早已不再谈论那些村长不知道的、有关事物消解、世界时钟运转、一个人杀死另一个人的话题。我们本可以握手言和，互道晚安，但我们只是默默地快速分别，没有再看彼此一眼。

逃 兵

据说在复活节的前一天下午六点钟左右,随时都有可能传来在罗马敲响的耶稣受难日的钟声。玛丽安听到她丈夫、她最爱的人,像逃兵一样踏上了地窖的楼梯。她从围裙口袋里掏出钥匙,打开了地窖的门,但是当丈夫想要进来时,她双手抵在他胸前,把他推了出去。

你不能进来,她说,今天不行,此时此刻不行。

丈夫站在黑暗之中,蓝色的双眸间满是怒火,手上满是鲜血。

怎么了?他问道。

森林里有人,玛丽安说。他们正站在斜坡上四处张望。孩子们已经吹响了哨子。你难道没有听到吗?

我听到了,丈夫说。但我受不了了。我必须把手洗了。我手上全是血。

你杀了小羊羔?玛丽安问。

对,丈夫说道。他把玛丽安推到一边,走到水槽边,打开了水龙头。

小羊羔大声喊叫了吗?玛丽安问道。

没有,丈夫说。它什么也没注意到。

孩子们呢?玛丽安问,他们也什么都没注意到吗?

没错,丈夫说道。丈夫已经把孩子们送到村子里了,在那之前,他给孩子们画了很多漂亮的彩蛋,蛋上画着黄色的山脉和蓝色宽阔的河流,许多河流流淌在山脉之间,这景色和他美国故乡的景色几乎别无两样,但玛丽安还从未见过那片土地。她本应该欣赏这些放在碗里的彩蛋,碗上面盖着一个盘子,丈夫把盘子拿走了。可她根本没瞅那些彩蛋,而是望向了窗外。

没什么两样,吉姆,她一边说一边听着那每天都会吹来的风。有时,风会变成一场风暴,就好像打开了地狱之门,但今天的它很轻柔,吹得钱包发出了叮叮当当的响声。

你怎么了,玛丽安?丈夫问道。

还不是因为弗朗茨,玛丽安说,他又到森林这边来了。他要求我和他结婚,如果我拒绝嫁给他,就必须说明原因。

丈夫生气地把装着彩蛋的碗往后一推。

你为什么不嫁给他呢?他说,这样你就可以过上最幸福的生活了。他便也无需躲躲藏藏,也就不会成为一个流氓,一个晚上在森林里四处游荡的流浪汉。

别说了,玛丽安说。帮我把毛线绷紧。没有别的女人像我这么好运,有这样一位独来独往的丈夫。

她支起编织架,从包里拿出毛线和模板,这是编织厂每周给她安排的工作。

可是你,她说。

丈夫想知道,弗朗茨怎么了。

玛丽安开始拉伸蓝线和红线,她说,对于弗朗茨来说,一切都是不变的。在同一片天空下,同一片森林边缘,在夜晚的高高的荒野中呼吸。

每一天,所有事情都在发生变化,丈夫粗鲁地说道。每天都是走向夏天或冬天的时间碎片。屋后的山毛榉树已抽出了新芽。

事实上,我们的生活一成不变,妻子回答道,这和囚禁没什么区别。她的丈夫不能和别人交流,他在社区里没有表决权,也从不体验任何新鲜事物。

我可以看报纸,丈夫说道。我也可以听广播。新闻报道说狐狸跑出了洞穴,而我知道它跑到了哪里。

你真是油盐不进,玛丽安愤怒地看着他说。现在黑夜已然来临,窗外传来了孩子们的声音。玛丽安早已叮嘱过孩子们,让他们说,除了他们和他们的妈妈,房子里没有任何人,她还嘱咐孩子们,一旦有人靠近这座偏僻的林中小屋,就吹响小哨子。

有人来了,玛丽安说,山下村子里的人起了疑心。他们声称有人躲在森林里,那人还偷了书记员的几只母鸡和校长晾在绳上的几件衣服。他们还说有人偷猎,还在锯木厂后面发现了一个被殴打致死的人。

这些不是我做的,丈夫恼怒地说。

你当然不是这种人,玛丽安说。但有人在夜晚的森林里看见你了。他们向市里的警察报了警,警察带着警犬来了。求求你,躲到地窖的坑道里去吧。我会把门锁上。

我就站在这,丈夫死死地盯着妻子的脸说,我不想藏到下面。我想坐在你身边,等待复活节的来临。你知道原因的。

原因是什么?玛丽安问,并收起了编织架,因为除了窗外那道金色的晚霞外,黑暗笼罩了一切。

你有点心不在焉,玛丽安,丈夫说。把烛台拿来,点上蜡烛。你不可能想不起来原因。

我想起来了,玛丽安痛苦地说。那是在复活节,一个在那年来得稍晚一些的复活节。

是的，丈夫说。一个来得稍晚些的复活节，一个来得稍早些的春日。丁香花抽出了满满的嫩叶。栗子树将满身小手般的干枯树枝伸向了湿润的蓝天。

玛丽安把烛台放在桌子上，然后坐了下来，双手放在膝间。她回想起那年的春天，仿佛又看到了村里的孩子们在市政厅门前的路上抽陀螺；看到了有着许多刚出生不久的小羊羔的羊群，如同白色斑点散落在摇曳着的灰色草甸上，顺着山谷向下移动；看到了肝草和肺草，以及乡间小路上波光粼粼的蓝色水坑，但它们在阳光的照射下很快就蒸发并消失不见了。

丈夫说，当时街上一片混乱。我们刚搬进住处，就又要马上离开。警笛声此起彼伏。警察们接到了命令，挨家挨户搜查。

没错，玛丽安看着眼前的这个男人回想着，那时她把这个男人带回了她的住处，他当时还是一个年轻的来自他乡的士兵，她替他洗过袜子，收拾过背包。离别时她拿出了一瓶酒，男人则拿出了面包，他们一起吃饭喝酒，因惊奇和痛苦互相亲吻着。

钟声响了，她说，你也挥挥手就走了。

一定要回来，那时你又哭又笑地大喊着，丈夫说。在某一个夜晚，我真的回来了。

玛丽安说，警察们离开时，我们就站在窗前。我们听到卡车沉重的引擎声和坦克的履带声。

丈夫说，我曾试图看清昏暗的灯光，也曾服从战友的命令。但你把我的头按在你的肩膀上。

玛丽安直起身来，因为此刻她再一次听到了哨子的响声。她似乎还听到远处山谷传来了陌生的狗叫。她迅速站了起来，躲到丈夫身后，抱头蹲了下去。

又开始了，她绝望地说。快把头藏起来！闭上眼！她试图像绷带一样紧紧地用手捂住丈夫的眼睛。但丈夫抓住她的手，把妻子的手拉下来并紧紧抱住了她。

不能再这样下去了，玛丽安，他说，万物皆有期限，无论是藏匿还是现身，沉默还是诉说。

你说这话什么意思，吉姆？玛丽安惊愕地问他。

他说，我想出庭作证。我想说出这些年来我躲在地下室的原因，我想说出这些年来我做了什么。

他们不会相信你的，玛丽安说。他们只会把你当成一个怪人。他们会说，一个在山里藏了七年的人肯定失去了理智。

她从灶台上拿起火柴，点燃了复活节烛台上的蜡烛，在烛光的照耀下，丈夫的面庞是那么的阴森恐怖，她怀疑他是否真的失去了理智。但就在这时，丈夫突然高兴地大笑起来。他起身挪开了桌子，让妻子坐在桌子后面。

他说，我会理智地回答问题，理性地讲述事情经过，并机敏地为自己辩护。注意看，我来给你演示一遍。现在你就是法官。我不能那样做，玛丽安一边不安地说着，一边拉上了窗帘。她现在很真切地听到，有人带着狗从狭窄的山谷里走来，她想到了自己不敢离开哨岗的孩子们，他们不明白为什么父亲不躲进地窖里安全的旧银矿坑中。

那我就自己扮演法官，丈夫说。我同时扮演法官、被告和看门人。进来，我喊道，被告吉姆·克罗伊登进来。现在我进来并坐在了被告席上。

别这样做，吉姆，妻子哀求道。你已经没有时间可浪费了。

现在，吉姆说，我是法官。看到我的法袍和贝雷帽了吗？我坐在高台上，面前还放着一个铃铛。叮叮，叮叮，我晃了晃铃铛。你叫什么名字？我问道，被告说出他的名字。你的职业是什么？我又问道。被告说，作家。我说，啊哈。我又晃了晃铃铛，叮叮，叮叮，我问，被告，为什么，你为什么在我们光荣战争结束前的最后一个春天离开部队?

吉姆坐在桌子上,眼里满是迷狂,声音既造作又陌生。

现在你扮演观众,他低声说着,粗暴地抓住了玛丽安的肩膀。你扮演观众并大喊:呸!

但玛丽安挣脱了他的控制。我不要,吉姆,她哭着说。我不是其他任何人。我是你的妻子。

那就听着,丈夫生气地说,仔细看。当他们把我放到电椅上时,也许允许你旁观。那扇门上有一个小窗。

吉姆!玛丽安生气地喊道。

我们继续,吉姆说着又坐到了桌子上。请回答,法官说。您为什么离开部队,和一个名叫玛丽安的女孩躲在一起?

出于爱,我说。

胡闹!法官说。明明是出于胆怯。

是的,我说。也是出于胆怯。

原来如此,法官说。您还不想死。

丈夫坐在桌子上挥动着自己的胳膊,玛丽安想,或许孩子们马上就进来了,紧接着城市里的居民和穿着制服的警察就会进来。她还想,丈夫至少应该将蜡烛吹灭,因为她已经能想象出丈夫的影子在窗帘上舞动的画面,远处的任何一个人都可以将这画面尽收眼底。但她并没有吹灭蜡烛,除了坐在厨房的长凳上、凝视着丈夫的脸之外,什么也没做。

您不想死,法官说。然后吉姆又继续说,我不想死。接着吉姆继续说,法官先生,我曾经做过一个梦。

那是一个什么样的梦?法官不耐烦地问。

我说,梦中的我站在机关枪前,对面全是敌军。他们毫无遮蔽地紧挨着站在山顶,在背后红日的照耀下投下一片黑压压的影子,就这样站在那里,一动也不动。

哈哈哈,法官说。这应该很合您心意,先生。

不是的,我说,法官先生,这并不合我的心意。因为我开火了,所有的士兵都倒下了。但是每个跌倒的人都又站了起来,他们越过我向前行进,每个人都在我身上留下了一些东西,留下了他们的部分生命和部分死亡。

别撒谎了,法官说,您只是心生恐惧罢了。

对对对,我说。我确实很害怕,如同他们踏入新战场也会再次心生畏惧一样。他们有的克服了恐惧,但一无所获，有的逃跑了，但也一无所获。

啊哈，法官说。所以您承认了，您的逃跑一无所获。我回答道，是的，我承认这一点。因为我抚育的孩子也不得不去杀人。

您后悔您的所作所为了，法官说。但我说，不，我并不后悔。因为我让我的孩子们看到了椋鸟如何第一次飞翔，看到了雪莲花如何用它娇嫩的花朵穿透坚硬的土地迎接光明。我告诉过他们，正如在海上经历了无数艰难险阻只为归家的奥德修斯一样，不计其数的研究人员不顾安危，只为了让人们活得更健康、更快乐。这七年里，我付出了爱，也得到了爱。所有挚爱都不会在这个世界上消失。

丈夫在大声地、近乎激动地说完这些话后，双手捂着脸颊颓然坐下了。

别再说了，玛丽安说，并用双手环抱住了丈夫的脖子。男人清了清嗓子，然后拿起一支烟，站在复活节烛台旁抽起了烟。当他再次开口说话时，他又恢复了往日沉稳的声音和稚气未脱的面容。

我们经营了一段奇怪的婚姻，他说。但也许这段婚姻并不比其他婚姻更异想天开。在每段婚姻中，人们都试图独处，躲避这个世界。人们也试图把可以拥有的最好的东西带给孩子。忽然有一天,那个他们避之不及的世界来到门前并大声喊道,出来,把手举过头顶。人们双手抱头走出来。

玛丽安说,这只是一场可怕的误会。你没有偷衣服,当然也没有杀人。你做过的事很快就会被遗忘,然后我们就可以快乐洒脱地回到你的家乡了。

她开始哭泣,丈夫转过身来,用手指拭去她脸上的泪水。

我们一直在归家的旅途中,他亲切地说。每一株嫩芽、每一片褐色秋叶都是一座车站。至于其他的都只是误会,世界上所有的仇恨和苦难都只是误会。

我们彼此心意相通,玛丽安抽泣着说。

是的,丈夫说,这已经很难得了。即使相爱的人被迫分隔两地,被抛入对他们来说宛如永恒的黑夜,这种心意相通也不会被磨灭。它永远存在,就像细小的种子乘着降落伞穿过阳光照耀下的森林阴影。这时,外面的孩子们开始急促地吹口哨,石子路上也传来了脚步声、狗吠声和喘息声,人用皮带牵着狗,狗也用皮带拽着人。

快躲起来,玛丽安惊恐地低声说道。但丈夫从桌子上跳了下来,他没有吻她,也没有再看她一眼,而是大步流星地向门口走去。他拽开门,就在这时,窗帘开始飘动,烛光开始摇曳,光影开始在厨房里飞舞。玛丽安骤然起身,想去追赶丈夫。但站在门口的吉姆已经将双手举过头顶。狗吠声此起彼伏,山下的村庄里传来了来自罗马的钟声,复活节来临了。

雪融时节

这间住宅位于一栋宽敞明亮的公寓楼的三楼,房间明亮又舒适,蓝色的油毡地板上点缀着白色波点,屋内放着一个带有陈列柜的胡桃木衣柜和一把番茄红色的海绵橡胶沙发椅。厨房里放的是老式家具,但它们已经被粉刷一新,颜色像雪一样白,用起来也很舒服,厨房还配有长凳和大桌子。屋外迎来了融雪天气,积雪正在融化,水从屋檐上滴落下来,厚厚的雪块也从倾斜的房顶上滑落下来,窗前尘雪飞扬。丈夫下班回家时,妻子正站在厨房里。夜幕降临,已经快六点了。妻子听到丈夫从屋外用钥匙打开房门后随即把门关上了,他去了卫生间,出来后打开了妻子背对着的那扇门,道了一句晚上好。直到这时,妻子才把手从肥皂水里拿出来,水里的长筒袜像鳗鱼一样缠绕在一起,她把手指上的水珠甩掉,转过身去向丈夫点了点头。

你把门锁上了吗?她问道。

锁上了,丈夫说道。

锁了两道?妻子问道。

没错，丈夫回答道。

妻子走到窗边并关上了百叶窗。

先别开灯，她说，百叶窗上裂了一条缝，如果你能在这钉上一块厚纸板就再好不过了。

你害怕过头了，丈夫说。

他走出去，拿着工具和一块粗糙的厚纸板又进来了。纸板的一面粘着一幅画，画上的黑人围着红色的围巾，他的牙齿闪闪发光。丈夫钉上了这块厚纸板，在屋里就能看见画上的黑人。丈夫在走廊微弱光线的照射下钉着厚纸板。在他几乎完成这一工作的同时，妻子走到外面，关掉了走廊里的灯和走廊的门。灶台上的灯闪了几下后，蓦地照亮了整个房间。丈夫走到水池边，打开水龙头洗了洗手，然后坐到了桌旁。

我现在想吃饭了，他说。

好的，妻子说。

她从冰箱里拿出一盘香肠、火腿和腌黄瓜，又拿出了一碗土豆沙拉。面包放在桌子上一个漂亮的编织篮子里，篮子下面垫着一块看起来像是亚麻布材质的桌垫，上面有挂着三角旗的小船图案。

有报纸吗？妻子问道。

有，丈夫说。他到走廊上把报纸拿进来，放到桌子上。

你得把门关上,妻子说。灯光会透过玻璃门照到楼梯上,这样每个人都会知道我们在家。她接着问道,报纸上写了什么?

关上门又坐回来的丈夫说,写了一些关于月球背面的新闻,然后他就开始吃土豆沙拉和香肠了。还有一些关于中国和阿尔及尔的新闻。

我对这些不感兴趣,妻子说,我想知道警察有没有采取行动。

有,丈夫说,他们列了一份名单。

一份名单,妻子轻蔑地说。你在街上碰到警察了吗?

没有,丈夫说。

街角的罗特博克酒吧门口也没有吗?

是的,丈夫说。

妻子坐在桌旁,她也开始吃饭,但吃得并不多,她一直在仔细听着街上的动静。

我看不懂你了,丈夫说,我不知道谁会伤害我们,为什么会伤害我们。

我已经知道是谁了,妻子说。

除了他,我谁也不认识,丈夫说,何况他已经死了。

我有百分百的把握,女人说。

她起身把碗筷收好后立即开始洗碗,尽量不发出任何声响。男人点燃一支烟,盯着报纸的第一页,但可以看出他并没有认真看报。

他说,我们只是为他好。

那并不意味着什么,女人说。

她把长筒袜从水盆里拿出来,冲洗干净后把它夹在了暖气上方漂亮的蓝色塑料夹子上。你知道他们是怎么做的吗?她问道。

丈夫说,我不知道,我也不想知道,我不怕那些流鼻涕的混蛋。说说报纸上的新闻吧。

妻子说,当他们知道家里有人时,就会按响门铃。如果没人应答,他们就会推开玻璃门,手持左轮手枪走进房间。

别说了,丈夫说,赫尔穆特已经死了。

妻子从墙上的塑料挂钩上取下毛巾,擦干手。

我必须告诉你一件事,她说,以前我不想说,但我现在不得不说。那时,当我被警察带走时……

丈夫把报纸放在桌上,震惊地看着妻子。他问道,怎么了?

他们把我带到了死刑室,妻子说,警察从脚部开始慢慢掀开了殓布。

警察问,这是您儿子的鞋吗?我说,是的,是他的鞋子。

这也是他的西装吗?他继续问道,我说,没错,是他的西装。

这些我知道,丈夫说。

这是他的脸吗?最后警察把整张亚麻殓布拉开问道,没过一会儿,他就把殓布盖上了,因为整张脸已经面目全非,他以为我会晕倒或尖叫。

是的,我说,这脸也是他的。

我知道了,警察说。

女人走到桌边,在警察对面坐下,双手抱着头支撑在桌面上。

我认不出他了,她说。

但有可能是他,丈夫说。

不一定是他,妻子说。我回家告诉了你这件事,你很高兴。

我们都很高兴,丈夫说。

因为他不是我们的儿子,妻子说。

因为他还活着,丈夫说。

他凝视着妻子的脸,一张永远年轻、圆润、被鬈发包裹的面庞,突然间就会变成一位年迈的老妇人。你看起来很疲倦,他说,你有点紧张不安,我们应该去睡觉了。

没用的,妻子说,我们已经很久没有睡觉了,我们只是在假装睡觉,实际上我们一直谨慎地睁着眼睛,然后到了清晨,我们眯着眼睛看着彼此。

或许,丈夫说,没人会接受一个孩子。我们犯了一个错误,但现在没事了。

妻子说,我辨认不出那个死人。

丈夫说,他或许还没死,他或许在国外,在美国,在澳大利亚,在很远的地方。

这时,又有一大块雪从屋顶滑落到人行道上,发出了一声轻微的闷响。

你还记得那个下雪的圣诞节吗?妻子问道。

记得,丈夫回答道。那时赫尔穆特才七岁。我们给他买了一个雪橇。他还收到了很多其他礼物。

但那些都不是他想要的,妻子说。他把所有礼物都扔来扔去,找了又找。

最后,他平静下来,玩起了积木。他建了一座既没有窗户也没有门、被高墙围起来的房子。

在第二年春天,他把兔子勒死了,妻子说。

我们谈点别的吧,丈夫说。把扫帚给我,我把扫帚柄修好。

妻子说,这会发出很大的噪声。你知道他们怎么称呼自己吗?

不知道,丈夫说。我也不想知道,我想睡觉或做其他的事情。

妻子说,他们自称法官。

妻子突然愣住了,她听到有人上楼,停了一会儿,又继续走,那人走得很慢,走完所有的台阶,一直走到顶楼。

你快把我逼疯了,丈夫说。

妻子说,在他九岁的时候,他第一次打了我。你还记得吗?

我记得,丈夫说。他被学校开除,你也责骂了他。那时他被送进了感化院①。

他和我们一起度过了假期,妻子说。

他和我们一起度过了假期,丈夫重复道。在一个星期天,我和他一起去森林里的池塘玩。我们看到了

---

① 感化院是违反法律的未成年服徒刑或接受强制管教辅导的场所。

一只火蜥蜴。回家的路上,他牵住了我的手。

第二天,妻子说,他打瞎了市长儿子的眼睛。

他不知道那是市长的儿子,丈夫说。

这闹得很不愉快,妻子说。你差点儿丢了工作。

假期结束时我们很高兴,丈夫说。他站起身,从冰箱里拿出一瓶啤酒,并拿出酒杯放在了桌上。要来一杯吗?丈夫问。

不了,谢谢,妻子说,他并不爱我们。

他谁也不爱,丈夫说,但他曾向我们寻求过庇护。

那时他从感化院逃了出来,妻子说。他不知道自己可以去哪里。

感化院院长给我们打了电话,丈夫说。院长是个友善而风趣的人。院长说,如果赫尔穆特来找你们,请不要给他开门。他没钱,他买不起任何食物。鸟儿饥饿时,自然会飞回笼子里来的。

他是这么说的吗?妻子问。

是的,丈夫说。他还想知道赫尔穆特在城里有没有朋友。

但他没有,妻子说。

那时正是冰雪融化的时节,丈夫说。雪从屋顶滑落，一团团落在阳台上。

就像今天一样，妻子说。

一切都像今天一样，丈夫说。

一切都像今天一样，妻子重复着，窗外漆黑一片，只传来几句不许在家里玩耍的低声警告。孩子上了楼，不断发出敲击声。

丈夫说，赫尔穆特不再是个孩子了。他已经十五岁了，我们必须按校长说的去做。

我们害怕了，妻子说。

丈夫给自己倒了第二杯啤酒。街上几乎停止了喧嚣，他们听到从山上吹来的风的呼啸。妻子说，他注意到了。虽然他已经十五岁了，但他还是会在楼梯上哭泣。

现在一切都结束了，丈夫一边说着，一边用中指指尖在防水布上划来划去，虽然他的手指一直在小船之间划来划去，但一只小船都没有碰到。

妻子说，在警察局里，有个吉卜赛女人的孩子躺在那里，被轧死了。那个吉卜赛女人像野兽一样哭号着。

真是血浓于水，丈夫满脸不高兴地挖苦说。

妻子说，那个孩子曾经有个朋友，是个弱小的男孩。他们把他绑在学校操场的柱子上。点燃了他脚边的草，因为天气很热，草都烧着了。

你又看到了，丈夫说。

没有，妻子说，但那不是赫尔穆特，他也不在那里。虽然那个孩子设法挣脱，但后来还是死了。所有男孩都参加了他的葬礼，为他撒下鲜花。

赫尔穆特也参加了吗？丈夫问。

妻子回答说，不是赫尔穆特。

他没心没肺，丈夫一边说着一边用手滚动他的空啤酒杯。

也许他有，妻子说。

这里太亮了，丈夫突然说。他盯着灶台上方的灯管，然后把手放在眼睛上，用手指揉了揉紧闭的眼睑。

那幅画呢？他问。

我把它放在橱柜里了，妻子说。

什么时候？丈夫问。

很久以前，妻子回答道。

具体是什么时候？丈夫又问。

昨天，妻子回答。

你昨天看到他了？丈夫问。

是的,妻子爽快地说,就好像得到了救赎一般。他就站在街角,站在红山羊旁边。

独自一人?丈夫问道。

不是,妻子说,还有几个我不认识的小伙子。他们站在一起,手插在裤兜里,彼此之间并没有交流。

然后他们听到了一声尖锐的哨子,我也听到了,突然间,他们都消失了,就好像被地面吞噬了一般。

他看见你了吗?丈夫问道。

没有,妻子回答道。我刚下电车,他背对着我。

也许那不是他,丈夫说。

我不太确定,妻子说。

丈夫站了起来,伸了个懒腰,打了个哈欠,用脚敲了几下椅子腿。

这就是人们不该生养孩子的原因。人们不知道孩子的内在品行如何。

人们无法洞悉别人的内心,妻子说。

她把桌子的抽屉拉出来一点,把手伸进去四处摸了摸,把一卷黑线和一根缝衣针放在桌子上。

把夹克脱下来,她说。最上面的纽扣松了。

丈夫一边脱外套,一边看着妻子穿针引线。厨房很亮堂,针眼也很大,但她的手一直打战,线怎么也穿不进去。他把夹克放在桌子上，妻子就坐在桌边，她一遍又一遍地尝试着，但总是失败。

给我读点什么，妻子请求道，她注意到他一直看着她。

读报纸？丈夫问道。

不，妻子说。读书上的内容。

丈夫去客厅拿了一本书。当他把书放在桌子上，在口袋里找眼镜时，他们两人听到窗外小猫的尖叫。

这个夜游者终于要回家了，男人说着便站起来，他想把百叶窗打开一条缝，但因为他把纸板钉在上面，百叶窗打不开了。

你得把纸板再拿下来，妻子说。

男人拿来一把钳子，把钉子从纸板上拔了出来。他把百叶窗打开，猫一下子从窗台上跳下来，黑影似的在厨房里乱窜。

我需要把这纸板再钉上吗？丈夫问。妻子摇了摇头说，现在开始读吧。丈夫把纸板和小猫一起放在冰箱旁边，小猫在下面冲他咧嘴笑。他坐下来，从眼镜盒里拿出了眼镜。

小猫咪，他喊道，小猫跳到他腿上，喵喵地叫着，他用手摸着它的背，脸上突然涌现出满足的神情。

开始读吧,妻子说。

从头开始?丈夫问道。

不,妻子说,从任意一页开始。从中间打开那本书,就开始读吧。

毫无道理,丈夫说。

这事自有道理,妻子说。我想知道我们是否有罪。

丈夫戴上眼镜,翻了好几页。这是他在黑暗中随便拿的一本书,他们的书并不多。他缓慢、笨拙地读道:但是我现在吃惊地看着他,普通却坚毅的面容,垂在额头上的黑色鬈发,闪烁着冰冷火焰的大眼睛,眼前这一切我看了很久,就像欣赏一幅画作一样。他读了几行后把书放在桌子上,说道:我们从中学不到任何东西。

不是的,妻子一边说着,一边用左手拿针对着灯光,右手捏着黑线的一端穿过针眼。

你为什么想知道这些?丈夫问,每个人都有有罪和无罪之处,想这些并没有用。

如果我们有罪,妻子说,我们现在就必须把百叶窗打开,好让每个人都可以从远处看到我们在家。我们还必须打开前院的灯和屋门,好让每个人都能毫无障碍地进来。

丈夫烦闷地动了动,小猫从他腿上跳下来,跑到垃圾桶旁边的角落里,那里有一碗专属于它的牛奶。妻子不再尝试穿线了,她把头靠在桌子上,靠在丈夫的夹克上,现在四周是如此安静,他们都能听到小猫在角落里舔奶喝的声音。

你想这样做吗?丈夫问。

是的,妻子说。

门也要打开吗?丈夫问。

打开,谢谢,妻子说。

你甚至没有确定在罗特博克餐厅拐角处的那个人就是他,丈夫反对说。但他已经站起来,把百叶窗一直拉到顶上,这时他才注意到,其他百叶窗都已经放下,灯管发出的光亮就像灯塔的白色信号灯一样照向夜空。

有可能,他说,那个人就是赫尔穆特,他在那场持刀斗殴中被刺死了,他的脸也被踩得面目全非了。

是的,有可能,妻子说。

是的,然后呢?丈夫问。

妻子说,这不重要。

丈夫走到前院，打开灯，打开了屋门的锁。当他回来时，妻子从粗糙的夹克中抬起头，脸颊上被压出了人字形花纹，她微笑地看着他。

现在谁都可以进来了，他不满地说。

是的，妻子说，她笑得更深情了。

现在，丈夫说，谁也不需要费劲地砸玻璃门了。现在他们可以突然手拿左轮手枪站在厨房里。

是的，妻子说。

我们现在该怎么办？丈夫问。

等待，妻子说。

她伸出手，把旁边的丈夫拉到长凳上。丈夫坐下来，穿上夹克，小猫也跳到他腿上。

现在你也可以打开收音机，妻子说。丈夫举起手按下一个按钮，收音机上的绿灯亮了，按键变得清晰可见。一段听起来非常奇怪、一点也不像音乐的旋律响起。如果在以前，丈夫会立刻把按钮转到右边或左边，但今天的他已经不在乎了，他一动也没动。妻子也没有旋转按钮，她把头靠在丈夫的肩膀上，闭上眼睛。丈夫也闭上了眼睛，不仅是因为灯光太刺眼，还因为他已经心力交瘁了。疯了，他想，我们竟然坐在灯塔里等待刽子手的到来，也许那个人不是自己的儿子，也许自己的儿子早已不在。他意识到妻子睡着了，他决定等她睡着后就起来，放下百叶窗，锁上门。但她已经很久没有这样靠在他的肩膀上睡过了，已经很多年了，她的姿势和以前一样，一点也没变，只是脸上长了些皱纹，但他现在也看不到她的脸庞和花白的发际线了。一切都没有变，他抱歉地把肩膀移开，有可能她会醒来，一切又会重新开始。重新开始，他想，从头开始，生一个孩子，我一直想要一个孩子，我们却没能得到。孩子，那里，护士，第三排的那个小卷毛头，有人上楼来了，是个男孩吗？别开门，院长说，安静，保持安静。安静，保持安静，我们不爱他，因此小卷毛变成了野兽。进来吧，先生们，所有的门都开着，开枪吧，我妻子也别无选择，她感觉不到疼痛的。

她感觉不到疼痛，他说，她已经半睡半醒了，他不由自主地大声说着，妻子睁开眼睛，笑了笑，然后他们都睡着了，也没有注意到后来猫如何从他的腿上跳走，如何从虚掩的窗户溜出去，积雪如何从屋顶滑落，暖风如何吹动窗户，最后黎明如何到来。他们依偎在一起，睡得很沉、很平静，没有人来杀他们，整整一夜都没有人来。

路　灯

尽管赫尔穆特·克莱因身材矮小，头脑愚笨，但他从小就许下了取得丰功伟绩的愿望。不过这丰功伟绩要隐秘地实现，既不用获得嘉奖，也不用被授予官职，只需暗中进行，最后只有自己知道取得了什么样的成就。他也许很享受在公共场合被人瞩目的感觉，他也聪明勇敢，这似乎与他那听起来像外国人的名字很相称。但他好像从一开始就搞砸了。在学校里，他只有不懈努力才能完成学习任务，每一份重要的作业、每一次影响最终成绩的重要测试都会使他恶心、出汗和焦虑不安。一个比他更加聪明勇敢的男孩坐在他旁边，那男孩名叫莱德霍尔德，他天赋异禀，但很懒惰，对一切都漠不关心，然而灾难总是与他擦肩而过，他也认为这是理所当然。有一天，老师提问了一道难题，他的目光扫过一排排脑袋和上半身，学生们应用不同的防守战术，有的无所谓地翻着练习册，有的躲躲藏藏，有的则毫无顾忌地盯着老师。赫尔穆特注意到，莱德霍尔德把右手平放在了课桌上，食指从右边划到左边，他并没有看老师，而是若有所思地笑着。赫尔穆特看到老师的目光落到了莱德霍尔德身上——莱德霍尔德已经很久没被提问过了。但紧接着，老师的目光又仿佛不受控制地转移走，落在了赫尔穆特身上。老师问了他这个问题，他结结巴巴，不知如何回答，他坐下来后，看到老师生气又厌恶地在笔记本上写下了一个不知是数字还是符号的标记。莱德霍尔德把手紧紧地攥成了拳头，不再微笑，而是近乎责备地看着赫尔穆特。你做了什么？下课后，赫尔穆特立即问他，他当时想提问的是你，不是我，他在本子上写了你的名字。那又怎么样？莱德霍尔德冷漠地问。他做不到，赫尔穆特激动地说，你用你的手指做了一些事，让他不得不在提问时越过你，紧接着他用食指做了与莱德霍尔德同样的动作，就像他当时看到的那样。听着，莱德霍尔德说，这只是个玩笑，他浅蓝色的眼睛望着赫尔穆特那双开始流露出怒色的眼睛。但随后，刚刚还优雅地坐在课桌上的莱德霍尔德突然跳了起来，拉着赫尔穆特穿过刚从教室拥出来的熙熙攘攘的男童合唱队，冲进了一个被临时改造成事故急救站的棚屋，学生们有时会藏在这里，借此躲过监督员，呼吸令人憎恶却新鲜的空气。莱德霍尔德靠在一个白底红十字的医药柜旁，开始劝说赫尔穆特，赫尔穆特把那双蓝色眼睛里闪烁的讥讽视为突然被唤醒的信任,并全神贯注地听着,仿佛他能从中得知生命的秘密。

看这儿,莱德霍尔德一边说着一边重复着手指上的动作,看这儿,注意听我说的话,你的理解能力太差了。把手指从右到左慢慢移动,你只要坚定地想着:绕过、绕过、绕过,就可以控制每个老师,甚至每个人。赫尔穆特茫然地盯着他问:不用看着他们?莱德霍尔德的回答急躁又简短:当然不用,不然太显眼了。顺便说一句,他稍稍友善地补充道,最重要的是,只想那些最基础的事件,不要想着那人刚刚进门,他应该打开窗户,应该这样想:右腿,迈步,左腿,迈步,举起右手,抓住窗户把手,你明白的。说完铃声就响了,他从灰色亚麻窗帘的缝隙中探出头,侦察了一番,把因惊讶而瘫坐在地上的赫尔穆特推进刚从操场回来、在走廊里互相推搡的人群中。回到座位后,赫尔穆特把他的真皮铅笔盒推到了他同桌那里,就他的经验而言,这似乎是一份很差劲的礼物,但这已经是他拥有的最珍贵的东西了。莱德霍尔德轻轻点头以示感谢。讲台上的地理老师大喊着维持纪律,于是他又弯下腰,装作在找什么掉下来的东西似的，在桌子底下轻声说，小心点，这很危险，也很费神，你知道的。地理课开始了，同学们无所事事地看着面前不断切换着地貌的屏幕，赫尔穆特虽对此毫无兴致，却也激动地打量着屏幕，这让他产生了大胆的想法，不只局限于干扰老师的视线，最后，赫尔穆特开始头晕目眩。

赫尔穆特之所以没有在那之后立刻践行自己的想法，是因为他是"妈妈的宝贝儿子"，他生性谨慎，他那思想狭隘的单亲母亲也支持他采取的一切防御措施。接下来发生的一件事让他完全相信了莱德霍尔德对他这个技术新手的警告：在红十字会救助站谈话的第二天，这位年轻的先知就没来学校，据说只是患了感冒，但一周后，莱德霍尔德就去世了。在老师的默默指挥下，全班同学在他的坟墓前唱起了怀念的歌曲。赫尔穆特大吃一惊，他认为自己知道了一个将死之人的最后秘密，并把那双浅蓝色眼睛里不同寻常的眼神理解为死亡的预兆，他甚至无比笃定，年轻的莱德霍尔德不是死于感冒，而是死于头部神经的过度疲劳。因此，他既渴望证明自己值得朋友的信任，又害怕自己会和朋友落得一样的下场，直到过去了好几周，短暂的升学、复活节和复活节假期结束后，当老师翻阅笔记本时,他才敢第一次若有所思地微笑着划动食指。

在这几周里,赫尔穆特当然没有闲着。他乐此不疲地从理论的角度研究这件事,并发现对这种神秘力量的操控没有任何限制。走一步,再走一步,坐下来,左手拿着纸,右手用手指握住笔,签字,就是现在,纸上写的可能是学校的报告,也可能是与魔鬼签订的契约。赫尔穆特从操纵签字的可能性幻想到其他奇幻事物,现在,他开始从新的角度看待他记忆中的几个具有历史意义的决定。那些能够吸引老师目光和意图的人,可以更好地运用这种能力,首先控制住在本子上写数字的手,一开始写出数字"4"的框架,然后写下完全不同的数字,斜着写一笔,竖着写一笔,数字"1"赫然出现。就这样,尽管赫尔穆特还在学校度日,但他的思绪已经飘到了其他地方,甚至飘到了那些在凉爽的四月坐在公园台阶上晒太阳傻笑的女孩身上。直起身子,站起来,迈右脚,迈左脚,迈右脚,迈左脚,举起右手,和我握手,当着所有人的面对我微笑,对我这个被人轻视的、愚蠢的赫尔穆特·克莱因微笑。赫尔穆特还没尝试过施展这种能力,初步尝试必须在学校里进行。尽管他天真地认为，划动手指的动作让他同桌送了命，但在某一天，他还是做了那个动作，无疑，他虽然激动到发抖，但并未成功。手不要动，老师说，站起来，克莱因，看着我。赫尔穆特汗流浃背，也没能回答出老师的问题，但他并没有把这件事放在心上，他把失败归因于技术失误。他做动作做得太早了，当老师的目光刚刚望向他时，他就立即在他笔记本上的"避免"一栏做了记号，但是老师并没有受到他的控制，而是在笔记本上清清楚楚地写下了数字"4"。

接下来的一周，赫尔穆特再次进行了尝试，而这次，老师的目光真的掠过了他。他轻率地拿自己的健康做赌注，在同一天又进行了第三次尝试。当他独自一人在教室时，他在清洁女工身上做了第三次尝试：默默下达迈右脚、迈左脚、伸出右臂等命令。女工把水桶放到了讲台边，她傻傻地盯着他，没有再做其他动作。赫尔穆特兴高采烈地回到家，午餐时，他克制住想要在母亲身上施展魔法的冲动，他之所以这么做不仅是因为他的头开始微微疼痛，还因为施展魔法让他萌生了一种犯罪的感觉。几天后，他瞄准了一位老太太，那是他母亲厌烦的访客，他命令她一步一步地走到门口，在离开前，那位老太太还在那儿转了一个圈，挥舞着玫瑰草帽，好像不清楚自己要做什么。赫尔穆特险些对心情愉悦的母亲夸口说，我做到了，但他还是适时地感到了害怕，所有计划都建立在保持缄默的基础上，每一个知情人都有可能对这种隐秘的神秘力量的崛起造成威胁。

夏日渐渐临近，每到这时学校就会给家长致函：您的儿子必须利用假期补习功课，他的功课很差。赫尔穆特的母亲也收到了这样的一封信。赫尔穆特在那个暑假落下了很多功课，尤其是书面作业，他那闪电般的手指动作也无法帮他解决这个难题。当他母亲严肃而焦虑地和他谈话时，他一点也没有悔改之心，甚至还要求离开学校，去银行当学徒。在那里，他将有完全不同的机会施展自己的才能，并取得丰硕的成果。于是，在接下来的几年里，他并没有去上学，而是在市储蓄银行一家昏暗窄小的分行里工作，写单子、填表格、练本领，他让格林德尔先生去窗口，让艾丽卡小姐走向收款台，目标明确，但又漫不经心，有一次甚至让他在等待时注视的授权签字人写下了克莱因的名字，而不是自己的名字，那人愤怒地摇摇头，撕毁了文件。这些辉煌成就之后，便是枯燥乏味的日子，代理人责骂他，艾丽卡小姐呢，非但不执行他无声的命令，反而还嘲笑他。赫尔穆特很想抚摸她那年轻又挺拔的乳房，但他忍住了。如果他不想挨耳光，就必须让艾丽卡来找他，但他还没到那个程度，他不是真的追求女孩，看见她晃动的脚步对他来说已经足够刺激了。在这些年里，他逐渐长大，开始阅读报纸，其中不乏与政治相关的报纸，因为政治在当时是备受争议的话题。希特勒在德国掌权，他在这里也有众多拥护者，他们都穿着白色羊毛长袜。赫尔穆特从一开始就憎恨他，把他视为一个天赋异禀的对手，他从一开始就被赋予了凌驾于人们之上的权力。对正义和自由的单纯感知甚至保护了赫尔穆特，使他免遭了那时蛊惑年轻人的煽动者的侵害。他自言自语，用激情澎湃的口吻与劲敌对话：一个人从黑暗中走出来，又回到黑暗中，但他会把你打倒。如何实现这一点呢？赫尔穆特夜以继日地钻研着。元首一心想着，自己的祖国有朝一日将摆脱黑红色的枷锁，毫无疑问，到那时，他会在拥护者的欢呼声中穿过维也纳的街道。在这样的日子里，不仅要亲自到场，而且还要站在前排。赫尔穆特对其他情况都还不了解，但他意识到，如果不扮演追随者，就永远到不了游行现场。于是，在那天晚上，他和他的同事、之前的学徒阿勒高尔一起坐在咖啡馆，让他给自己讲课，并厌恶地倾听着他的狂热。当赫尔穆特第一次穿着白色过膝袜去银行，他在门口遇到了罗森茨威格行长，行长对他的一些疏忽往往睁一只眼闭一只眼。罗森茨威格行长用那双年老而睿智的眼睛忧愁地望向他。就像曾经面对母亲时那样，赫尔穆特差点儿说漏嘴，但他在最后一刻忍住了。他呆呆地笑着，让行长先走，心里只想着：行长先生，我会把你们都救出来的，你们等着瞧吧。

令母亲惊讶的是，接下来的日子里，赫尔穆特经常主动到墓地做一些必要的工作，为父亲的坟墓浇花、除草和种树。他干起活来雷厉风行，丝毫不顾及逝者的感受，因为他对父亲的了解仅仅停留在照片上。由于午休时间很短，他一完成工作就迫不及待地跑向偌大广场上的57B区，这让前来扫墓的人惊讶不已。年轻的莱德霍尔德就躺在那里，天使们可能还在为他念诵着拉丁语词汇。起初，赫尔穆特坐在潮湿的秋叶上，后来又坐在雪地上，对他的小师傅倾诉着。事实上，这是他最能产生想法的地方，当第一场寒风吹过冬日亡灵之地上亚洲荒原般贫瘠的土地时，他最终下定了决心。

那天晚上,赫尔穆特又回到了咖啡馆,学徒阿勒高尔也在那里,他不再孤身一人,他们已经组建了一个类似司令部的机构,在元首搬进他心爱的东部边疆之前,他们必须做好准备。赫尔穆特坚持要制定一个精密的计划,也必须确认好白军驻扎的地点,必须保护好元首以防御黑军和红军发动的突袭。在白军确认环形路边有一个驻地后,赫尔穆特强烈要求站在路灯附近,他打算爬上去。他经常在晚上独自一人来到这盏华丽的旧式路灯前,用手数着过往的车辆,在夜里无声地对他的对手说,一个炸弹,你想把它投到哪里去呢,这个可笑的玩意儿应该会要了你的命,你应该把自己送到疯人院,你这个疯癫的画家,那些为你欢呼的人将会羞愧地溜回家里。

现在又到了在银行里练习的时候,对象是同事洛夫奇和柜台室临时雇用的电工利克劳斯。赫尔穆特坐在那里低垂着眼皮,无声地命令着,洛夫奇先生真的解开了外套上的纽扣,电工则把脸扭成了狰狞的鬼脸,停,不能再继续下去了,否则会引起怀疑。做完这些练习后,赫尔穆特的额头上满是汗水,艾丽卡小姐给他拿了头痛药。只有他的母亲什么也没注意到。长筒袜让她的儿子看起来更健康、更有活力,她认真地听着收音机,还在做饭时哼着《国旗飘扬》。

最重要的是,春天即将来临,三月的阳光,三月的柳絮,在三月的某一天,元首搬到了林茨,之后又搬到了维也纳。那天发生了很大的骚乱,赫尔穆特没有爬上自己的路灯,而是在恰当的时间爬到了另一盏路灯上。隔着很远的距离,他就听到了疯狂的欢呼声,一浪高过一浪,直到黑色的马车映入眼帘,赫尔穆特的耳边响起了野兽般的刺耳叫喊声。他强迫自己保持冷静,用眼睛寻找那个可恨的人,那人站在马车上,伸着胳膊,接着他开始念咒语:放下胳膊,脱掉外套,扔掉帽子,做鬼脸,像木偶一样跳舞,向人们吐口水,他在那里做什么,一个疯子?欢呼声终会平息。赫尔穆特把脸颊贴在路灯冰冷的铁柱上,闭上眼睛,无声但快速地发出指令,脚下的声音却大得可怕,他觉得自己快要晕倒了;但事实上,元首已经从下面走过,他没有做鬼脸,没有跳舞,也没有向人群吐口水,而是板着脸坚定地伸出手臂。赫尔穆特眯着眼睛看着这一切,精疲力竭地从路灯上倒了下去,就像梨子从树上掉下来一样。他被人接住了,得到了人们的同情和怜悯,可能是激烈的欢呼声让这个虚弱的小家伙受不了了,一个面包卷和一块巧克力塞进了他的口袋。最终,他昏昏沉沉地悄悄离开,在路上买了一双短袜并把白色长筒袜丢进了厕所。

那天下午,赫尔穆特去了银行,希望能在那里找到罗森茨威格行长,他至少会注意到他换下了长筒袜。但是,罗森茨威格行长既不在他的办公室,也不在其他任何地方,赫尔穆特再也没有见到他。和所有的商店一样,节日里银行也关门了,办公柜台和桌子都空着,只有艾丽卡小姐不合时宜地坐在她的打字机前,盯着如幽灵般从后门踉踉跄跄走进来的赫尔穆特。赫尔穆特跌坐在椅子上,困惑地想着:放下胳膊,脱掉外套,扔掉帽子,然后突然地,过来,过来,过来,他想着的是艾丽卡小姐,她是这附近唯一的人,一个有血有肉的人。是的,他就是这么想的,过来吧,不是:迈右脚,迈左脚,伸出你的手,摸摸我,而是:过来吧,帮帮我,我走到尽头了,我什么都不是了。艾丽卡小姐真的把手从键盘上挪开并走了过来,她什么也没问,也没给他头疼药。她只是非常孤独,非常担心,因为她的母亲是犹太人,母亲已经在家里收拾好行李远走高飞了,艾丽卡不知道她去了哪里。这时外面天色渐暗,但并不平静;白色长筒袜们成群结队地从大窗户前唱着歌走过。他们火把的光亮在空荡荡的课桌和孤零零的银行窗口椅子上起舞，远处传来了鼓声，赫尔穆特和艾丽卡像受惊的孩子一样互相依偎着，最后他们拼命地拥抱在一起。

于是，他们俩成了没有爱情的恋人，后来也结成了夫妻，他们在战争的最初几年过得很艰难，但彼此却并没有交谈很多，因为他们并不相配，他们只是如同暴风雨夜的浮萍漂泊在一起。在某年的万灵节，当他们把花圈送到赫尔穆特父亲墓前时，赫尔穆特也将妻子带去了57B区，在小学生莱德霍尔德的墓前，他第一次告诉妻子他在一九三八年三月十一日的计划，像是在说一个孩子的愚蠢行为，但又莫名其妙地被打动了，好像整件事都可以实现，他只不过是在那一刻缺乏真正的魔力罢了。艾丽卡发出刺耳而恶意的笑声，就像女人嘲笑让她们失望的男人而又不原谅他们。不久之后，她离开了两人一直工作的银行，另找了一份工作，并离开了两人共同的居所，他母亲也已搬到了乡下。赫尔穆特现在不得不过着单身汉的生活，在食堂吃饭，晚上坐在咖啡馆，一杯橡子咖啡，一份报纸，一杯水，又一杯水。"先生您要是方便的话就付钱吧，我们现在要关门了。"店员说。正是在这样的孤独中，他终于醒悟过来，意识到没有付出就没有收获，幼稚的梦想无法拯救祖国，也无法改变世界历史。起初，他因视力不佳和体质虚弱推迟了参军，但很快就被迫入伍。他对他憎恨的国旗宣誓效忠，经过短暂培训后就上了前线，成了一名不错的士兵。在开始军旅生涯的几周后，一架扫射的飞机击中了他的肺部。生命的最后时分，他躺在一座俄国城市的石子路上，透过老式路灯的铁制花饰，凝视着蔚蓝的天空，赫尔穆特·克莱因，如炮灰般为自由而死，因为每个人都终将为未来的自由献出生命。

迟暮冒险

仿佛一个老人再也没有冒险的机会了。最重要的一件事是：搬家，搬到哪去？越过边境，边境是开放的，还能照料孩子们。住在能看到圣彼得大教堂穹顶的地方，穹顶宏伟且高耸入云，它跟地面不直接相连，实际上与教堂也不是一体的。人们一点也不喜欢去穹顶，因为在某种程度上，那儿是异乡人和乞丐的归处。住在高处，现在的房子都建得很高，并配备电梯，尽管这电梯早已陈旧，还会发出可怕的声响，但钢丝绳还在起着作用。这里的顶楼被称为"阁楼"①，是一个建在平整房顶上的小房子，三面都有露台。有钱人可以把那里布置成一个种玫瑰、夹竹桃、格桑花的花园，就像巴勒莫的喷泉一样，芳香四溢。一个人在搬到那里之前，需要把所有的家当都卖掉，只留下自己的心爱之物，三个放满书的书架，一块绣着太阳和飞鸟的中国丝绸，光洁绚丽又轻薄柔软，还有一张巨大而结实的桌子。如果那人是一个孤苦伶仃又年事

---

① 原文为意大利语。

已高的男人，应该会有人为他提供帮助。但人们并不想雇用年老的妇女来照顾年事已高的老人，这位老佐伊梅先生也是如此，他曾经在罗马七丘中的一座山上住过几年，那里可以眺望到圣彼得大教堂的穹顶。因此，他想找一个集仆人和厨师于一身的人，他成功地找到了。罗伯托，一个高傲的年轻人，他用主人的钱雇了三个助手，但主人从未见过这三位助手，他们就像被驱赶的小鸡一样早出晚归。罗伯托还对老佐伊梅先生的访客实行区别对待，像对待王子一样接待傲慢无礼的访客，却又像对待污垢那样接待热心善良的访客。罗伯托懂得如何烹饪美味佳肴，也懂得如何摆盘，他摆得十分漂亮精致，但在搬进天堂社区之后不久，老佐伊梅先生就因腹部剧痛开始节食，加上高血压引发的眩晕、异乎寻常的昏迷和焦虑，他的饮食被进一步限制了。所以不久之后，龙虾蛋黄酱和金黄色的小巧油酥盒①就为罗伯托独享了，油酥盒的馅料是泛着光泽的黑褐色巧克力奶油，上面还盖着鲜奶油。当罗伯托为老佐伊梅先生服务时，佐伊梅先生便这样想道：真是一个年轻的战士。罗伯托穿着王政时代的

---

① 原文为意大利语，一种意大利的传统美食。

制服，肩章像制服一样闪闪发光。一位年轻的战士在熬麦片粥，他是一名士兵，麦片粥是他的武器，也是致命的一击，因为老佐伊梅先生不愿意承认，他那和蔼的家庭医生、给他带来乐趣的蒂罗尔赞成这样的饮食，是的，他每次看诊时都会告诫罗伯托要严格遵守饮食禁忌。罗伯托是这一切的根源，罗伯托任由自己的情绪发酵，罗伯托在夜晚的露台上唱歌，但当老佐伊梅先生问起时，他总是矢口否认。老佐伊梅先生曾透过百叶窗看到一个酷似仆人的身影站在外面，所以他认为或许罗伯托有一个孪生兄弟，他有时会在晚上前来拜访，唱歌哄他入睡，真是一对俊美的兄弟，就像修普诺斯和塔纳托斯①一样，罗伯托就是死神塔纳托斯。老佐伊梅先生也并不是一直喜欢他的仆人，他对罗伯托也有诸多不满，曾向朋友们发过牢骚，也曾打算另寻他人，但因为他既没有兴致也没有时间，最后这件事便不了了之了。

说到时间，虽然在老佐伊梅先生所有的熟人看来，他有大量的时间可供支配，但事实完全相反，他的身体状况很糟糕，每一天都在走向死亡。日子

---

① 希腊神话中居于地狱的睡神，被视为"睡眠"人格化的象征。死神塔纳托斯是他的孪生兄弟，黑夜女神倪克斯是他们的母亲。

一天天从他的指缝中溜走,早饭刚吃完没多久,罗伯托就送来了午饭,在老佐伊梅先生巨大办公桌上的无数小纸条中,只有一张上面用墨水新添了零星几字。早餐和午餐之间形成了一个黑洞,除了中式挂毯上花状的大太阳在这黑洞里缓缓地上下沉浮外,别无其他。然而,这样的情况有时也会发生:老佐伊梅先生整天都醒着,甚至异常清醒,他低下头紧贴在纸上,写啊写,所有关于人类本性和行为的闪闪发光的新想法都跃然纸上,这些想法本是值得发表的,但到了晚上,当他想读一读自己写的东西时,却再也无法理解其中的深意了,有时甚至一句话也看不懂。夜晚来临,老佐伊梅先生在又宽又长的露台上踱步,观察着黄玫瑰的新芽,当访客称赞黑石松和圣彼得大教堂穹顶的壮丽景色时,老佐伊梅先生就会指着下方低矮的空地说:下面有穿堂风。他还会挤出一副紧张狰狞的鬼脸,这是他最近养成的习惯,这鬼脸有时像不合时宜的微笑,有时又像恶魔的笑容。

但人们绝对想不到,这个故事会以这样的方式结束——某一天,人们发现老佐伊梅老先生瘫倒在露台下面。他已时日无多,但就像魔法球里藏着一块金子一样，还有一件事隐蔽在这为数不多的时日里。随着时间的流逝，这件事才渐渐显出身影，在老佐伊梅先生的最后时日里便是如此，他生命的丝线并不是被突然斩断的。与俊俏的罗伯托严格的约束和阴郁的性格完全相反，这段经历是那样欢快、圆润和温柔，鲜嫩肥美的食物和浓郁醇香的红酒充斥其间。那是一个星期天，罗伯托外出了，老佐伊梅先生做了个决定，他不假思索地把按照饮食要求安排的并不丰盛的晚餐倒进马桶里，打算出去吃饭，他没有坐出租车去城里，而是步行去了附近一家享有盛誉的花园餐厅。那儿有一位年轻女士为他服务，老佐伊梅先生倾心于她，因为她有着坚毅的双眸和爽朗性感的笑声，还像亲生女儿一样照顾他，不同的是，他女儿在遥远的地方经营着自己的生活。漂亮的卡特琳娜也有自己的生活和烦恼，她并没有在第一天晚上就和老佐伊梅先生分享这些，而是在后来的许多个晚上，收到老佐伊梅先生的邀请为借口，在松树掩映的客栈花园里袒露心扉。被情人抛弃的卡特琳娜在给当饭店老板的叔叔帮忙，她挨着老佐伊梅先生在桌边坐下，倒上老佐伊梅先生被禁止饮用的葡萄酒，并把餐巾铺在他的膝盖上，否则酒会因老佐伊梅先生的手微微颤抖而倾洒出来。当她忙碌时，她就把自己的小儿子送来，那是一个充满爱心的孩子，他真挚的热情让老人感动不已，老人和他一起欢乐地玩闹，他从来没有这样逗过自己的孙子们，也正因为年老糊涂，才让他做出这样的举动。卡特琳娜把老佐伊梅先生视为丈夫和参谋，也理所当然地把他看作上天赐予的礼物，因为他为她付清了账单，还送给她小礼物。这里不会谈论老佐伊梅先生的健康状况，或者说，只会以一种简单而通俗的方式来谈论，一顿丰盛的饭菜和一杯烈酒是治疗身体和精神疾病的良药。老佐伊梅先生吃着漂浮在汤上的又白又硬的茴香、拌着热红酱的意大利面、带脂肪的肝脏和炉架上的烤肉。人们对他的苦痛一无所知，也无法估算这些苦痛，如果卡特琳娜看到他坐在书桌前费力地在纸上写下荒唐而深刻的东西，她一定会无比崇敬。在她面前，老佐伊梅先生再次感受到青春与健康，这种狂欢后的奇特状态，让他很容易就把它看作康复的标志。一天晚上，那个脸色苍白的孩子推着纸船在盘子里转来转去，好像在绕着一个岛屿转圈，老佐伊梅先生冒出了一个令他欣喜若狂的念头。你想去旅行吗？他问道。小男孩立刻丢下了小船，饶有兴趣地望着他。一场朝圣之旅？他问道，三一台阶？庞贝圣母？① 他的母亲曾去过那里，给他讲述了许多趣闻，也向他描绘了那不勒斯这座伟大的城市和停泊在港口的船只。老佐伊梅先生兴奋地说，不是朝圣，但暗自思忖后又说道，是朝圣，但那是异教徒的朝圣，去希腊的岛屿，那些岛屿奇迹般地浮现在波涛汹涌、危机四伏的海面上，一座连着一座。与卡特琳娜和小男孩一起的旅行突然变得非常令他向往，他用颤抖的手在菜单上画出了船的航线：塔索斯岛、林多斯岛、米克诺斯岛、圣托里尼岛、萨莫色雷斯岛、科斯岛。关于这一计划，他对卡特琳娜守口如瓶，只有当船票攥在手心时，他才会给她一个惊喜，也只有到那时，她才能从将自己禁锢的职责中解脱。他告辞回家，但令他烦恼的是，罗伯托已经回到家中，他严厉地审视着老佐伊梅先生，最后他也没有上床睡觉，而是以各种借口不断溜进老佐伊梅先生的房间。老佐伊梅先生就站在房间里，已是午夜，他喃喃自语着奇怪的名字，目光如炬地盯着这个仆人。当他终于上床睡觉时，老佐伊梅先生再次听到外面露台传来的歌声，他想，这个厚颜无耻的家伙，竟然留他的兄弟在这里过夜，但他

---

① 原文为意大利语。

并没有生气。第二天一早,他叫了一辆出租车前往特米尼火车站,火车站门廊的美丽曲线像一朵强劲而温柔的浪花,将抵达的旅客送入城市,让他们仿佛置身于一片永似家乡的海滩上。老佐伊梅先生并没有被这浪花触动,浪花却把他推了进去,他突然对这次旅行产生了无与伦比的渴望,以至于他任由自己被推着经过他的实际目的地——火车和轮船旅行办公室,径直走到了月台。他从高高的、安静的、空气纯净的屋顶露台走进了恶臭的、喧闹的、嘈杂的、熙熙攘攘的人群中,仿佛从天堂落到人间,由逝世转为新生,他任凭人群推搡,他觉得这一切都不是一种烦恼,而是一种解脱,他被带进了他终其一生都在远离的、有形的、可理解的世界。恰巧一群年轻的足球运动员围住了他,他友好地朝各个方向点头致意,但因紧张而出现了面部抽动,这被视为一种开玩笑甚至可能是暗示的表情。他们立马认出老佐伊梅先生是异乡人,他们善意地看着他,最后还邀请他同坐,他在推拉之中走到吧台的铁制桌椅旁。或许老佐伊梅老先生已经有些疲惫了,他竟坐到了一张寒气入骨的椅子上。随后,这群年轻人抱着可以得到这位富有美国人盛情款待的希冀,开始以滑稽夸张的方式为他服务。老佐伊梅先生看着面前年轻的面孔，又望向他们身后时隐时现的字眼、转动的齿轮和检票亭外进进出出的火车。他听到了这座宽敞车站发出的巨大轰鸣，透过汗水、香烟、油炸和烘烤食物的烟雾，突然感受到含羞草散发出的春天气息。阁下要去向何处？年轻人问道，老佐伊梅先生又一次充满激情地用颤抖的手指向那条经过塔索斯、林多斯、米克诺斯、圣托里尼、萨莫色雷斯和科斯的航线。这时他突然站起身，想去收银台，手里挥舞着一张大额钞票，像挥舞旗帜一般。他因眩晕而差点摔倒在桌椅之间，几个友善的小伙子奋力追上去，在他撞破脸之前刚好抓住他。周围一张沙发也没有，也没有长凳可以让老佐伊梅先生休息一下，于是他坐在一张小铁椅上，像靠着一堵有生命的墙那样靠在足球运动员的身体上。他慢慢地回过神来，说出自己的地址并上了一辆出租车。一个男孩拿起那张钞票付了钱，把剩余的钱塞进老佐伊梅先生的口袋里；他们挥手告别，有些悲伤，因为他们突然意识到，是这位老人，或者说死神，招待了他们。其中一个人还在最后的时刻跳上了踏板，与司机一道，把老佐伊梅先生送上山，送到了天堂社区，但在感受到来自罗伯托不加掩饰的怀疑后，他很快就离开了。老佐伊梅先生没错,关于冒险的事要尽可能地瞒着罗伯托。罗伯托没有多问,将主人扶上床后打电话联系了医生。医生当晚就前来拜访并禁止老佐伊梅先生外出,至于禁止多久,并不确定。

对此,老佐伊梅先生并没有想象中那么不满。不确定的一段时间,哦,老佐伊梅先生的时间本身就不确定,清晨和夜晚、白日和黑夜任意颠倒,甚至有时他还在白天让罗伯托的双胞胎兄弟在阳台上一展歌喉。罗伯托当然不肯承认这一切,他严肃地看着老佐伊梅先生说,外面没有人,公寓里也没有人,医生禁止一切来访。事实上,有好几次门铃响的时候,老佐伊梅先生都听到门口传来微弱却焦急的低语,有一次,他的脑海里突然浮现了这样的想法,那是卡特琳娜,她请求进来,他好像听到了她的声音,他又一次被困在家中,不再和梦中的卡特琳娜穿过一个又一个岛屿,不再为了梦中的小男孩从树上捕蝴蝶。他站起身来,蹑手蹑脚地走到露台上,再次感到一阵猛烈的眩晕。但卡特琳娜从屋里走了出来,她没有带着小男孩,正午明媚阳光下的她身材矮小,精神恍惚,在远处投下小小的身影。她抬起眼睛,老佐伊梅先生把身子伸到栏杆外面,来回晃动他那花白的脑袋,好似在诉说着一个秘密。卡特琳娜迅速挥了挥手,然后跑开了。她穿过广场,绕过拐角,没有回头,也许是出于对老佐伊梅先生探身幅度太大而失去平衡的担忧。但老佐伊梅先生认为他刚刚恢复了平衡,恢复了对上下、对今天和明天的判断,今天他想待在家里,尽可能地听从安排以麻痹罗伯托,但明天他就会给他安排任务,而后自己就会离开家。想到这里,老佐伊梅先生心情大好,他在书桌前坐了下来,罗伯托把无数张遍写着老佐伊梅先生精细字迹的纸片堆放在那里。老佐伊梅先生把这些纸片拿在手里,读着读着,理解了一切,他的想法比以往更清晰,也更大胆了。他趴在桌子上,大声地自言自语,罗伯托发现了,并把他赶回到床上,纸片散落在床上,老佐伊梅先生读着纸片睡着了,脸上露出了兴奋的笑容。第二天早上,他想起了自己的计划,给一位住得很远的朋友写了封篇幅极短的信,但他直到下午才写完,并让罗伯托送过去。罗伯托高兴地离开了,当他走后,老佐伊梅先生想穿衣服时,却发现罗伯托把衣柜锁上了,钥匙或许被他藏起来了,或许被他带走了,老佐伊梅先生家的钥匙也消失不见了,这些钥匙之前都放在走廊抽屉柜的特定位置上。老佐伊梅先生对此不以为意,他可以施计骗过所有人，哪怕是罗伯托，哪怕是手持火焰剑的天使。扫帚柜的一个被虫蛀了的箱子里放着一些旧衣服，罗伯托对此一无所知，尤其是老佐伊梅先生那件特别旧特别长的外套，完全遮住了他一直舍不得扔掉的睡衣和一顶可笑的旧猎人帽。老佐伊梅先生穿上那件已经破旧不堪的灰色大衣，戴上那顶布满灰尘的小帽子，走下楼梯，是的，一步步地走完许多级台阶，因为他没有电梯门的钥匙。他走过门房的窗口，门房或许会误把他看作乞丐并责骂他。因为老佐伊梅先生并不想被人认出来，所以他快步走到广场上，午后的阳光倾洒在那里，走得有点太快了，晕眩再次袭来，头晕眼花的他走错了路。他甚至没有意识到，自己走得气喘吁吁，他非常不习惯这些强烈的噪声。沿着道路，他上坡，又下坡，走过了花园围墙。不应该是下坡的，老佐伊梅先生想了一会儿，他想问路，却又不知从何问起，不知该走向何方。一辆破旧不堪的出租车从他身边驶过，停了下来，司机探出身来，让他上车，说自己没在寻生意，要回家了。司机被逗乐了，因为这个衣衫褴褛的老人没有坐在前面，而是打开了后方的车门，像绅士一样坐到了坐垫上。他嘲笑道：去哪里？圣彼得大教堂？他把老佐伊梅先生当成了一个什么都不知道、什么都不懂的尊贵的异乡人。老佐伊梅先生高兴地坐下来,点点头,脸上挤出老式的鬼脸,司机以为他在开玩笑,也欣然默许了。于是,他继续充当导游,介绍圣潘克拉齐奥门、加里波第和边上种着竹子和绿色莴苣的小花园。这时,汽车以惊人的速度下坡,又在红灯前猛地停了下来,然后,随着右侧的隧道像地狱巨口一样张开,汽车就真的在傍晚时分驶向了圣彼得大教堂壮观的柱廊。

老佐伊梅先生把手伸进口袋,却发现身无分文,他惊讶地不停寻找,司机把这当成了最后一个也是最有趣的笑话。他让老佐伊梅先生下车站在喷泉边,微风把彩虹般的泉水吹拂到他的脸上,柱廊里的人开始徘徊,步履缓慢,却又不停地围着他转。老佐伊梅先生踏上了宽阔的楼梯,艰难地爬上了几级平整的台阶,罗伯托穿着教堂守卫者的斗篷,戴着三角帽,站在那里,神情庄重地举起了法杖。不过,那并不是罗伯托,而是他的兄弟,他本不应该存在,但现在他真的出现了,因为他在教堂里唱出了一百种声音。一个女人走过来,给了老佐伊梅先生一枚硬币,他庄严而谦恭地收下,并把它放在舌头下面,就像一个孩子把别人给的东西塞进嘴里。他不想去教堂,也不必去教堂,他可以让自己慢慢趴下,跪在地上,双手撑地,额头触地。他也可以仰面朝天地躺在圣彼得大教堂富丽堂皇的阶梯上休息,直到被人抬走,不过是一个死了的异乡乞丐。